中国诗词大会

中国诗词大会

上

《中国诗词大会》栏目组　编

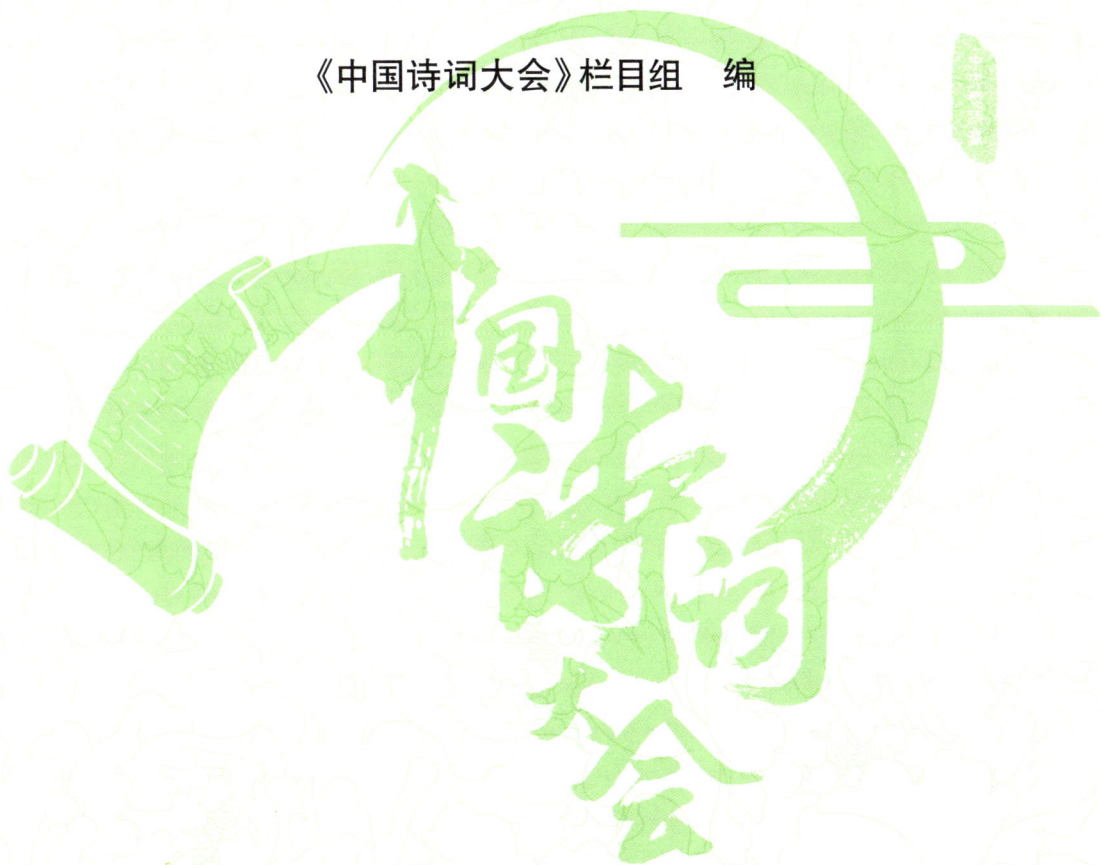

中华书局

图书在版编目(CIP)数据

中国诗词大会.上/中央电视台《中国诗词大会》栏目组编.——北京:中华书局,2017.1(2018.5重印)
ISBN 978-7-101-11747-9

Ⅰ.中⋯　Ⅱ.中⋯　Ⅲ.诗词-诗歌欣赏-中国　Ⅳ.I207.2

中国版本图书馆CIP数据核字(2016)第087110号

书　　名	中国诗词大会(上)	
编　　者	中央电视台《中国诗词大会》栏目组	
责任编辑	陈　虎	
出版发行	中华书局	
	(北京市丰台区太平桥西里38号　100073)	
	http://www.zhbc.com.cn	
	E-mail:zhbc@zhbc.com.cn	
印　　刷	北京瑞古冠中印刷厂	
版　　次	2017年1月北京第1版	
	2018年5月北京第11次印刷	
规　　格	开本/710×1000毫米　1/16	
	印张11½　插页2　字数140千字	
印　　数	370001-390000册	
国际书号	ISBN 978-7-101-11747-9	
定　　价	31.00元	

《中国诗词大会》图书编辑人员

图书策划　　陈　虎　包　岩　刘冬颖

图书编撰　　"诗词中国"组委会

编　　辑　　吴文娟　吕　洋　吴　捷　张颖潇

《中国诗词大会》电视节目主创人员

总 策 划	聂辰席
总 监 制	李 挺　姚喜双　景 临
监　 制	阚兆江　梁 红
学术顾问	周笃文　钟振振　康 震　史 航　李定广
	冷 凇　宣明栋
题库专家	江舒远　辛晓娟　李天飞　莫道才　王 玫
	方笑一　李小龙　李南晖　曹 旭　陈 虎
	尽 心　刘青海　孙 琦
制 片 人	赵音奇
总 导 演	颜 芳
执行总导演	刘 磊
切换导演	王立欢　卞小平
前期导演	秦 翙　韩骄子　贺 玮　王萍萍　姚习昕
	徐永洁　刘 敬　闫倩卉　李思琪　易亚楠
	练小悦　曲大林　张 宁
后期剪辑	燕 妮　张冰倩　胡淑冕　李小双　魏 迪
	唐宁远　刘 班

选手导演	任琳娜	张迎迎	李　晨	侯佳丽	宫妍妍
	郑传德	彭韵竹	邹高艺		
新媒体执行	赵军胜	马　桦	陈剑英	张莹莹	张曦健
	张　卉	程　静	李文静	胡　悦	王　新
	颜　妮	王廷中	高　曦	王亚飞	
统　筹	张广义	容　宏	张　艳	吕通义	洪丽娟
	王立欢	赵津菁	刘　铭	黄丽君	翟　环
	张学敏	贾　娟	石　岩		
制　片	贾同杰	田　巍	孙阅涵	杨海晨	李春涛

主办单位　中央电视台

联合主办单位

国家语言文字工作委员会

共青团中央

鸣　谢　中华诗词学会

上海市教育委员会

上海大学

共青团吉林省委员会

共青团常德市委员会

中华书局

网络支持　央视网

目 录

耀眼星空中最美的星星

——写给《中国诗词大会》

中国文化中，文字是根，成语是枝，诗词是树。无根固然不会有枝有花，但如没有树，根和枝又有何用？字、词只能是构件，只有诗词是枝繁叶茂的参天大树。

汉字、成语都有其美，而诗词之美则是文字和成语无法比拟的。

因为诗词拥有绝美的表现力。"忽如一夜春风来，千树万树梨花开"，写尽寒冬的冰雪之美。"梨花一枝春带雨"，写透女神的面带泪珠之美。"嘈嘈切切错杂弹，大珠小珠落玉盘"，将绝难用文字形容的琵琶声，表达得让人如闻其声。"春潮带雨晚来急，野渡无人舟自横"，是山村野外渡口的画面之美。"执手相看泪眼，竟无语凝噎"，表达的是恋人之间难分难舍之情，真真是"此时无声胜有声"。"明月松间照，清泉石上流"，一幅恬淡自然的山居图。这些为中国人熟知的诗句，构成的绝美意境，影响了一代又一代中国人的审美观，涵育了无数中国人的诗意思维，也深深影响了受中国古典文化熏陶的汉文化圈的国家。

文字、成语有其自身之美，诗词之美远胜于二者。

为什么这样说？

诗词有隐约之美。朗朗上口的常见诗词，常常在未入学的孩提时代，已被广泛诵读，读懂它似乎还比较容易。欣赏诗词，需要更多的知识储备、长期的阅读训练，即使有了这一切，遇到艰涩难懂的诗句，还是让人摸不着头脑，你可以隐隐约约地感受到它的美，它的某些信息片断，但你始终无法清晰地把握到它的确切内涵。"锦瑟无端五十弦，一弦一柱思华年。庄生晓梦迷蝴蝶，望帝春心托杜鹃。沧海月明珠有泪，蓝田日暖玉生烟。此情可待成追忆，只是当时已惘然"。李商隐这首《锦瑟》诗，千百年来几乎无人可以透彻确解。

诗词有结构之美。王昌龄《闺怨》"闺中少妇不知愁，春日凝妆上翠楼。忽见陌头杨柳色，悔教夫婿觅封侯"，是流水式结构；杜甫《绝句》"两个黄鹂鸣翠柳，一行白鹭上青天。窗含西岭千秋雪，门泊东吴万里船"，是并列式结构；王之涣《登鹳雀楼》"白日依山尽，黄河入海流。欲穷千里目，更上一层楼"，是前叙后议式结构；李白《黄鹤楼送孟浩然之广陵》"故人西辞黄鹤楼，烟花三月下扬州。孤帆远影碧空尽，惟见长江天际流"，是以景结情的结构，前三句写送别，最后一句写景。诗词之中的结构之美，远比这篇小文所说的复杂得多。诗词的结构之美，是文字、成语所不具备的，因为文字、成语是字、词，诗词是篇，二者不具备可比性。惟其如此，诗词更美，更耐咀嚼。

诗词有多重功能。诗词可抒情。李煜的《虞美人·春花秋月何时了》："春花秋月何时了，往事知多少。小楼昨夜又东风，故国不堪回首月明中。雕阑玉砌应犹在，只是朱颜改。问君能有几多愁，恰似一江春水向东流。"故国的伤感，巨大的悲痛，难言的苦衷，诸味杂陈的滋味，岂是一字一词可以担当？诗词可以议论，王安石《叠题乌江亭》的"百战疲劳壮士哀，中原一败势难回。江东子弟今虽在，肯为君王卷土来"，力驳晚唐杜牧《题乌江亭》"胜败兵家事不期，包羞忍耻是男儿。江东子弟多才俊，卷土重来未可知"。在诗歌大家的手中，诗词无所不能，可叙事，可议论，可抒情。一切用散文表达的内容，诗词皆可表达。诗词可以表达哲理："欲穷千里目，更上一层楼"，"不识庐山真面目，只缘身在此山中"，都是人们熟知的诗句。

诗词有声韵之美。中国古典诗词要讲平仄、对仗、声律。如王昌龄《芙蓉楼送辛渐》：

寒雨连江夜入吴，平明送客楚山孤。

平仄平平仄仄平　平平仄仄仄平平

洛阳亲友如相问，一片冰心在玉壶。

仄平平仄平平仄　仄仄平平仄仄平

一联之中，出句与对句平仄相对；两联之中，上联第二句第二字与下联首句第二字平仄相同。全诗"吴""孤""壶"三个韵脚,皆属上平声七虞韵,全诗形成了平仄相对的声律之美,这是中国古典诗词独有的声韵之美。

一句话,集诸美于一身的诗词,永远是中华文化耀眼星空中最亮的星星。

王立群

2016年2月28日

嘉宾寄语

董卿："随意春芳歇，王孙自可留"，"明月松间照，清泉石上流"，还有那"浣纱"的女子，这一切看似平常的景象，在王维的笔下，多了一分远离喧嚣、洗去尘埃的意境。而诗人在文字背后，寄情山水的高洁品行，也给今天的我们带来一分启示，当下又该如何诗意地生活？

郦波：我觉得中国人要诗意地生活，首先是"行到水穷处，坐看云起时"，因为人生就是在路上；其次中国人的诗意，唯有诗词会"相看两不厌"。因为诗词所代表的中国人的诗意生活，其实是中国人自古以来的一种存在方式，更是一种生活方式。所以从美学的角度来看，国人灵魂深处的那种审美愉悦感，其实主要是来自于诗词的。

董卿：说得好！其实古今中外，人们都在寻找这样的一种状态。我记得海德格尔就曾经说过，人应该诗意地生活在大地上。人生苦短，这短暂的生活有很多的磨难，所以诗意的生活，多少可以让心灵获得自由和快乐。

九宫格：请从以下9个字中识别一句诗词

花	多	又
知	逢	时
雨	少	落

1

竟	思	最
相	长	安
物	夕	此

2

河	海	上
流	白	黄
远	江	入

3

夜	钓	江
独	入	雪
连	雨	寒

4

春晓

孟浩然

春眠不觉晓，处处闻啼鸟。夜来风雨声，花落知多少。

🌿 嘉宾解读 🌿

诗句出自孟浩然的《春晓》。这首诗在中国妇孺皆知，其实并不是说一首诗复杂到什么程度就是最美的，简单就是最美的。（康震）

山水田园诗特别容易唤起我们对古人美好生活的向往。古人的生活有花、有鸟，很有春天的感觉，而且在这样的情景之下，才会有这种小小的哀伤——"夜来风雨声，花落知多少"，是诗跟情景结合的情感，哀而不伤；是敏感的，但不沉重。（蒙曼）

孟浩然这首诗写得特别好，我觉得这种诗是一种拟人诗，春天是不会睡觉的，但诗里却说春天会睡觉。（选手）

🌿 答案 🌿

花	落	知	多	少

🌿 嘉宾解读 🌿

诗句出自王维的《相思》。这是一首情诗，出自一个著名的典故。说是战国时期有一个诸侯国的小伙子，到边地打仗去了，最后死在了边地，他太太就一直想他，流下的眼泪就变成红豆。后来，太太死后变成了一棵树，那树上结的也是红豆，所以红豆又叫"相思子"，中国

相思

王维

红豆生南国，春来发几枝？愿君多采撷，此物最相思。

古人一直用这个典故来关合相思之情。王维是"红豆生南国"，后来《红楼梦》里写因相思而"泪抛红豆"。所以在中国，"红豆"在文学作品里没有别的，都是指的相思。（蒙曼）

其实，王维的情诗写得并不多，但他一写，就弄得你一点办法也没有。有人认为这不对啊，尤其是气候不对，树木结果子应该是秋天，怎么能叫"春来发几枝"？应该叫"秋来发几枝"才对啊。也有人说，相思季节应该是春季啊，所以称"思春"。但王维他就认为红豆树春、夏、秋、冬四季都可以结果，要不然他怎么能说"多采撷"呢。（康震）

答案

此	物	最	相	思

3

登鹳雀楼

王之涣

白日依山尽，黄河入海流。欲穷千里目，更上一层楼。

嘉宾解读

王之涣作品现存仅六首诗，其中有两首极负盛名，一首就是《登鹳雀楼》。此诗意境雄浑壮阔，气势昂扬。其中的"欲穷千里目，更上一层楼"，更是千百年来人人皆知的名言警句。全诗四句二十个字，无一字生僻，无一句难懂，但给读者展现出一幅一泻千里、气势磅礴的画面，这不能不说是才子佳作。同时，王之涣的一首《登鹳雀楼》，也成就了千古名楼鹳雀楼。（蒙曼）

《登鹳雀楼》刚刚问世时，人们只觉得此诗朗朗上口，意境非凡，并不知道作者是谁。那个年代是一个以诗取士的时期，女皇帝武则天，读到此诗以后，也是喜不自禁，于是就问亲信大臣李峤：是哪位才子写下了这首绝句？朕要好好封赏他。李峤一听，心生邪念，当即回答是自己的好友朱佐日。武则天立刻将朱佐日召来，赏给了彩绸百匹，并赐封了御史官衔，以示对天下才子的嘉奖和恩宠。而此诗的真正作者王之涣，却因为无人器重，穷困潦倒到了极点。（康震）

答案

黄	河	入	海	流

4

江雪

柳宗元

千山鸟飞绝，万径人踪灭。孤舟蓑笠翁，独钓寒江雪。

嘉宾解读

诗句出自柳宗元的《江雪》。这首诗大家比较熟悉，诗句为："孤舟蓑笠翁，独钓寒江雪。"其实柳宗元写这首诗的时候，正被贬为永州司马，也就是相当于永州市的副市长。但他这个副市长做得很窝囊，由于他是被贬的，所以没有具体的职权，就一个人孤独地在江边"钓寒江雪"，只能与山水为伍，从山水中寻求慰藉，一切凄凉之感、愤激之情，也只能向山水发泄。因此，这时他笔下的山水，都饱含着深沉的酸甜苦辣。他在永州的住处门前有一条小河，原来叫"冉溪"，在那里住下后，他自比古代愚公，把小河改名"愚溪"；把溪边的小丘叫"愚丘"，把附近的清泉、小沟叫"愚泉""愚沟"；砌石拦起一个水池，取名"愚池"；在池东造了一座小屋，叫"愚堂"；在池南建了个小亭，叫"愚亭"；又把池中的小岛，叫"愚岛"。这就是"永州八愚"，并创作有"八愚诗"。该诗描绘的是一幅江乡雪景图。山山是雪，路路皆白。飞鸟绝迹，人踪湮没。遐景苍茫，迩景孤冷。意境幽僻，情调凄寂。渔翁形象，精雕细琢，清晰明朗，完整突出。诗采用入声韵，韵促味永，刚劲有力。他写的是雪的世界，在这个雪的世界里，有一个超乎尘外的老头，他的心灵是纯净的，呈现给读者的是什么？是一种孤独的美。所以我觉得这首诗之所以能流传这么长时间，大家都非常喜欢，其内涵就在于此。

（康震）

答案

独	钓	寒	江	雪

限	阳	下
几	好	西
时	无	夕

5

人	知	多
世	几	花
少	往	事

6

白	云	处
山	深	不
知	人	家

7

江	子	不
大	东	俊
多	过	肯

8

登乐游原

李商隐

向晚意不适，驱车登古原。夕阳无限好，只是近黄昏。

嘉宾解读

诗句出自李商隐的《登乐游原》。这是一首登高望远、即景抒情的诗。首二句写驱车登古原的原因：是"向晚意不适"。后二句写登上古原触景生情，精神上得到一种享受和满足。李商隐所处的时代，是国运将尽的晚唐，尽管他有抱负，但无法施展，很不得志，诗就很好地反映了他的伤感情绪。当诗人为排遣"意不适"的情怀而登上乐游原时，看到了一轮辉煌灿烂的黄昏斜阳，于是发乎感慨。有人认为夕阳是嗟老伤穷、残光末路之感叹；也有人认为此为诗人热爱生命、执着人间而心光不灭，是积极的乐观主义精神。千百年来，这两种观念争论不休，莫衷一是。（康震）

答案

夕	阳	无	限	好

嘉宾解读

诗句出自李煜的《虞美人》。大家知不知道这首词对李煜来讲意味着什么？《虞美人》是李煜的代表作，也是他的绝命词。太平兴国三年（978）七夕，后主四十二岁生日，徐铉奉宋太宗之命探视李煜，李煜对徐铉叹曰："当初我错杀潘佑、李平，

虞美人

李煜

春花秋月何时了,往事知多少。小楼昨夜又东风,故国不堪回首月明中。　雕阑玉砌应犹在,只是朱颜改。问君能有几多愁,恰似一江春水向东流。

悔之不已!"大概是在这种心境下,李煜写下了这首《虞美人》词。宋太宗恨他有"故国不堪回首月明中"之词,命人在酒中下牵机药将其毒死。

李煜死后被追封为吴王,葬洛阳邙山。词作写的是作者处于"故国不堪回首"的境遇下,愁思难禁的痛苦。全词不加藻饰,不用典故,纯以白描手法直接抒情。寓景抒情,通过意境的创造以感染读者,集中地体现了李煜词的艺术特色。通过今昔交错对比,表现了一个亡国之君的无穷哀怨。以"一江春水向东流"比愁思不尽,贴切感人。(郦波)

答案

往	事	知	多	少

寻隐者不遇

贾岛

松下问童子,言师采药去。只在此山中,云深不知处。

嘉宾解读

诗句出自贾岛的《寻隐者不遇》。诗中为什么是采药去,怎么不是采花去呢?采药比采花更幽静。因为这是一种气韵,有道人的仙气,即要有仙风道骨。《红楼梦》里贾宝玉说:"药气比一切的花香果子香都雅……这屋里我正想各色都齐了，就只少药香。"所以晴雯生病的时候，他在屋里煎熬的药，不仅仅是给人治病的，也反映出一种高洁的情怀。（蒙曼）

贾岛早年出家为僧，法名无本，自号"碣石山人"，又称"苦吟诗人"。据说他在长安（今陕西西安）做和尚的时候，因当时有命令禁止和尚午后外出，贾岛就做诗发牢骚，被韩愈发现其才华。后来受教于韩愈，并还俗参加科举，但累举不中第。唐文宗时被排挤，贬做长江（今四川蓬溪）主簿。作"僧敲月下门"诗的时候，他还没有还俗。所以他有很多道士、和尚、隐士的朋友。诗首句写寻者问童子，后三句都是童子的答话，诗人采用了寓问于答的手法，把寻访不遇的焦急心情，描绘得淋漓尽致。全诗言繁笔简，情深意切，是一篇难得的言简意丰之作。（郦波）

答案

云	深	不	知	处

8

夏日绝句

李清照

生当作人杰，死亦为鬼雄。至今思项羽，不肯过江东。

嘉宾解读

诗句出自李清照的《夏日绝句》。对于项羽乌江自刎，历来有两种态度，这绝对是两种截然不同的立场，一种是"江东子弟多才俊，卷土重来未可知"；另外一种就是"至今思项羽，不肯过江东"。我很欣赏李清照，原因到底在哪？不在于会写"凄凄"，也不在于能写"绿肥红瘦"，而是她在大节面前的态度。我觉得李清照这个人真的是了不起，国破家亡，一个老太太了，她仍然希望"木兰横戈好女子，老矣谁能志千里，但愿相将过淮水"。所以我想，这就是中国人的脊梁。（蒙曼）

我个人认为，诗词中论女中豪杰，第一个就是李清照。自古及今，综合判断，虽然秋瑾也堪称女杰，但综合评判李清照这首诗，不愧女中豪杰。"死亦为鬼雄"，说的就是她自己。（郦波）

答案

不	肯	过	江	东

天	时	比
涯	共	海
上	若	邻

9

长	前	月
安	见	古
不	云	人

10

春	色	锦
江	入	天
地	年	旧

11

一	白	青
鹭	天	上
难	解	于

12

送杜少府之任蜀州
王勃

城阙辅三秦，风烟望五津。与君离别意，同是宦游人。海内存知己，天涯若比邻。无为在歧路，儿女共沾襟。

嘉宾解读

诗句出自王勃的《送杜少府之任蜀州》。此诗是送别的名作，全诗开合顿挫，气脉流通，意境旷达，一洗古送别诗中的悲凉凄怆之气，音调爽朗，清新高远，独树碑石。首联严整对仗。颔联以散调承之，以实转虚，文情跌宕。颈联"海内存知己，天涯若比邻"，奇峰突起，高度地概括了"友情深厚，江山难阻"的情景，伟词自铸，传诵千古。尾联点出"送"的主题。

（郦波）

答案

天	涯	若	比	邻

嘉宾解读

答案是"不见长安月"。（选手）

错了！正确答案是"前不见古人"。你可以告诉我们，你选择的"不见长安月"出自哪一首诗？（董卿）

第一题都非常紧张，加上长安经常出现在古人的诗里面，一看到长安两个字，就被误导了。古人诗词创作中的长安情结，是一种故都情结，"总为浮云能蔽日，长安不见使人愁"。你诗背得特别多，长安情结特别浓，上来就奔着长安去了。

（郦波）

登幽州台歌

陈子昂

前不见古人，后不见来者。念天地之悠悠，独怆然而涕下。

真的替你感到惋惜，这有点"出师未捷身先死"的味道。（董卿）

❀ 答案 ❀

前	不	见	古	人

11

次北固山下

王湾

客路青山外，行舟绿水前。潮平两岸阔，风正一帆悬。海日生残夜，江春入旧年。乡书何处达？归雁洛阳边。

❀ 嘉宾解读 ❀

插一句不知道合适不合适？这一句诗，唐玄宗时的宰相张说非常喜欢，并将其挂到了政事堂中。（选手）

说得非常对！这一联历来脍炙人口。"海日生残夜，江春入旧年"：当残夜还未消退之时，一轮红日已从海上升起；当旧年尚未逝去，江上已呈现出春意。"日生残夜""春入旧年"，都表示时序的交替，而且是那样匆匆不可待，这怎不让身在"客路"的诗人顿生思乡之情呢？这两句练字练句均极见功夫，作者从练意着眼，把"日"与"春"作为新生美好事物的象征，提到主语的位置而加以强调，并且用"生"字"入"字使之拟人化，赋予它们以人的意志和情思。妙在作者无意说理，却在描写景物、节令之中，蕴含着一种自然的理趣。海日生于残夜，将驱尽黑暗；江春，那江上景物所表现的"春意"，闯入旧年，将赶走严冬。不仅写景逼真，叙事确切，而且表现出具有普遍意义的生活真理，给人以乐观、积极、向上的艺术鼓舞力量。此句与"沉舟侧畔千帆过，病树前头万木春"有异曲同工之妙。王湾之后的当朝宰相张说，就曾把"海日生残夜，江春入旧年"一联写在办公的政事厅上，让人们好好学习，意义恐怕就不是单纯的艺术性问题了，

张宰相更看重的是此诗道出的人生气度和胸怀。直到晚唐，诗人郑谷还在自编诗集卷末题道："何如海日生残夜，一句能令万古传"，表达了对这两句诗的无限景慕。明代著名诗歌理论家胡应麟评说这句诗乃盛唐风格，认为唐诗初中唐的划分，就以这首诗为分界线。（郦波）

答案

江	春	入	旧	年

蜀道难（节选）

李白

噫吁嚱，危乎高哉！蜀道之难，难于上青天！蚕丛及鱼凫，开国何茫然！

嘉宾解读

《蜀道难》太有名了，是乐府古题，李白把原本短小的篇章，放成了长篇巨制，在文学史上占有特别重要的地位，以至于好多人认为"蜀道难"这个词就是李白说的。（郦波）

答案

难	于	上	青	天

醉	君	胡
秋	沙	场
点	笑	兵

13

影	解	来
对	暗	三
成	不	人

14

返	深	人
青	林	山
入	知	景

15

舟	行	万
到	水	处
穷	送	故

16

破阵子·为陈同甫赋壮词以寄之

辛弃疾

醉里挑灯看剑，梦回吹角连营。八百里分麾下炙，五十弦翻塞外声。沙场秋点兵。 马作的卢飞快，弓如霹雳弦惊。了却君王天下事，赢得生前身后名。可怜白发生。

嘉宾解读

词句出自辛弃疾的《破阵子·为陈同甫赋壮词以寄之》。这首词特别之处在哪里？辛弃疾一辈子真正打仗，才打了一年上下，但这是他一生咀嚼不尽的英雄的资源，他一辈子都在渴望回到战场去。这在南宋那种政治局势下，是非常不容易的事情。所以，后来梁启超用"诗界千年靡靡风，兵魂销尽国魂空"评价辛弃疾词的文学史意义。（蒙曼）

答案

沙	场	秋	点	兵

嘉宾解读

诗句出自李白的《月下独酌四首·其一》。"月下独酌"，诗人运用丰富的想象，表现出一种由独而不独，由不独而独，再由独而不独的复杂情感。表面看来，诗人真能自得其乐，可是内心深处却有无限的凄凉。诗人曾有一首《春日醉起言志》诗："处世若大梦，胡为劳其生？所以终日醉，颓然卧前楹。觉来眄庭前，一鸟花间鸣。借问此何时？春风语流莺。感之欲叹息，对酒还自倾。浩歌待明月，曲尽已忘情。"试看其中"一鸟""自倾""待明月"等字

月下独酌四首·其一

李白

花间一壶酒,独酌无相亲。举杯邀明月,对影成三人。月既不解饮,影徒随我身。暂伴月将影,行乐须及春。我歌月徘徊,我舞影零乱。醒时同交欢,醉后各分散。永结无情游,相期邈云汉。

眼,可以想见诗人是怎样的孤独了。孤独到了邀月与影那还不算,甚至于以后的岁月,也休想找到共饮之人,所以只能与月光、身影永远结游,并且相约在那邈远的上天仙境再见。结尾两句,点尽了诗人的踽踽凉凉之感。(郦波)

🌀 答案 🌀

对	影	成	三	人

15

鹿柴

王维

空山不见人,但闻人语响。返景入深林,复照青苔上。

🌀 嘉宾解读 🌀

"景"应该是通"影"的。(蒙曼)

返影入深林。(郦波)

对这些古今通假字,没有学过

音韵学的人会改一些字的读音。比如说把斜"xié"念成"xiá",把还"huán"念成"hái"。而学过音韵学的,一般反对这种念法,都是照着汉语规定的读音念。因为古代许多字跟现代的读音不一样,所以没有必要为了和谐押韵把某些字改动了。我们心里知道是押韵的,哪个字是入声字,现在变成平声了,只要知道这些就行了,然后写诗的时候也能运用。(选手)

这个不是那个问题。(蒙曼)

"返景入深林","景"确实是通影子的"影",意思是回光返照,不一定是影。"返景入深林,复照青苔上",又照到了青苔上,本来夕阳落下之后,太阳光就没了,这个返景是又返回来的,"复照青苔上"是这个意思,不一定是影。(选手)

与这个字相似,鹿柴"zhài"也不能读成鹿柴"chái"。(蒙曼)

这么说的话,衣裳,我们现在能读衣裳"shang"吗?必须要读衣裳"cháng"。(郦波)

我是觉得都可以。(选手)

裳这个字是多音字。(董卿)

念成轻声肯定是不对的,因为古代好像并没有轻声,比如说琵琶、葡萄等。"葡萄美酒夜光杯,欲饮琵琶马上催",绝对是不念轻声的。(选手)

这个问题,我理解你的初衷,因为从音韵学的角度,古音跟这个差异很大,有一些共识性的东西。"鹿柴"肯定不读鹿柴"chái",诗里头"霓裳羽衣舞"一定是读"cháng"。(郦波)

答案

| 返 | 景 | 入 | 深 | 林 |

16

嘉宾解读

诗句出自王维的《终南别业》。这首诗写出了王维晚年的生活态度。王维早年积极入世,和一般人一样。但经过安史之乱的挫折以后,他晚年的生活发生了很大的变化。这两句诗最好的地方,就在于他"走"。诗表面说的是走一定要走到水的尽头,坐要看云升起来,其实反映了什么?随性而行。(王立群)

后两句更体现出这个随性来了:"偶然值林叟,谈笑无还期。"

终南别业

王维

中岁颇好道，晚家南山陲。兴来每独往，胜事空自知。行到水穷处，坐看云起时。偶然值林叟，谈笑无还期。

（董卿）

完全处在随遇而安的生活状态之下。这实际上说明了一个问题，人生最重要的，就是你用什么态度来看待生活。在顺利或是逆境中，你怎么样看待生活？让自己活得更快乐。这是非常重要的。（王立群）

答案

行	到	水	穷	处

飞	鸟	心
恨	千	惊
众	别	绝

17

四	邀	为
田	无	闲
今	海	家

18

了	酒	壶
春	花	暗
一	对	间

19

三	发	得
丈	晖	唯
报	白	春

20

春望

杜甫

国破山河在，城春草木深。感时花溅泪，恨别鸟惊心。烽火连三月，家书抵万金。白头搔更短，浑欲不胜簪。

🌿 嘉宾解读 🌿

诗句出自杜甫的《春望》。诗的前四句，写春日长安凄惨破败的景象，饱含着兴衰感慨；后四句写诗人挂念亲人、心系国事的情怀，充溢着凄苦哀思。诗格律严整，颔联分别以"感时花溅泪"应首联国破之叹，以"恨别鸟惊心"应颈联思家之忧，尾联则强调忧思之深，导致发白而稀疏。全诗对仗精巧，声情悲壮，表现了诗人的爱国之情。（郦波）

🌿 答案 🌿

恨	别	鸟	惊	心

悯农二首

李绅

春种一粒粟，秋收万颗子。四海无闲田，农夫犹饿死。

锄禾日当午，汗滴禾下土。谁知盘中餐，粒粒皆辛苦。

🌿 嘉宾解读 🌿

诗句出自李绅的《悯农二首》（一作《古风二首》）。组诗选取了比较典型的生活细节和人们熟知的事实，集中刻画了当时的社会矛盾。全诗风格简朴厚重，语言通俗，音节和谐明快，并运用了虚实结合与对比手法，增强了诗的表现力。诗中具体而形象地描绘了到处硕果累累的景象，突出了农民辛勤劳动获得丰收却两手空空、惨遭饿死的现实问题。其次描绘了烈日当空的正午，农民在田里劳作的景象，概括地表现了农民终年辛勤劳动的生活，最后以"谁知盘中餐，粒粒皆辛苦"这样蕴意深远的格言，表达了诗人对农民真挚的同情之心。这两首诗不仅在民间广泛流传，在文学史上也有一定影响，近代以来更不断作为思想教材选入小学教科书。（王立群）

答案

四	海	无	闲	田

19

月下独酌四首·其一

李白

花间一壶酒，独酌无相亲。举杯邀明月，对影成三人。
月既不解饮，影徒随我身。暂伴月将影，行乐须及春。
我歌月徘徊，我舞影零乱。醒时同交欢，醉后各分散。
永结无情游，相期邈云汉。

答案

花	间	一	壶	酒

游子吟

孟郊

慈母手中线，游子身上衣。临行密密缝，意恐迟迟归。谁言寸草心，报得三春晖？

嘉宾解读

诗句出自孟郊的《游子吟》。这是一首母爱的颂歌，诗中亲切真淳地吟颂了伟大的人性美——母爱。全诗既无华丽的词藻，也无巧琢雕饰，于清新流畅、淳朴素淡的语言中，饱含着浓郁醇美的诗味，情真意切。千百年来，拨动多少读者的心弦，引起万千游子的共鸣。（康震）

答案

报	得	三	春	晖

惊	只	鸟
中	月	山
在	无	此

21

夜	上	日
潮	残	江
生	月	海

22

流	留	千
泪	惟	者
饮	有	行

23

长	不	尽
江	我	滚
头	住	尾

24

寻隐者不遇

贾岛

松下问童子，言师采药去。

只在此山中，云深不知处。

🌸 **嘉宾解读** 🌸

诗句出自贾岛的《寻隐者不

遇》。诗中以白云比隐者的高洁，以苍松喻隐者的风骨，写寻访不遇，愈衬出寻者对隐者的钦慕高仰之情。全诗遣词通俗清丽，言繁笔简，情深意切，白描无华。（康震）

🌸 **答案** 🌸

只	在	此	山	中

次北固山下

王湾

客路青山外，行舟绿水前。潮平两岸阔，风正一帆悬。海日生残夜，江春入旧年。乡书何处达？归雁洛阳边。

🌸 **嘉宾解读** 🌸

诗句出自王湾的《次北固山下》。为人、为文是两回事儿，为人要严谨，为文就要特别强调"放荡"。这两句诗我觉得出题人出得非常好。"海日生残夜"，诗中作者没有用升起的"升"，而是用的产生的"生"。如果用升起的"升"，就是升起来。产生的"生"，带来了什么效果呢？它是不可遏制地在残夜当中硬生生地闯了进来；加上后一句"江春入旧年"，一个"生"一个"入"，就应了当前最流行的一句话：长江后浪推前浪，前浪拍在沙滩上。因为海日生出来了，江春进入旧年了，所以旧年残夜必然被淘汰。（王立群）

诗以对偶句发端，既工丽，又跳脱。"客路"指作者要去的路，"青山"点题中"北固山"。作者乘舟，正朝着展现在眼前的"绿水"前进，驶向"青山"，驶向"青山"之外遥远的"客路"。这一联先写"客路"后写"行舟"，其人在江南、神驰故里的漂泊羁旅之情，已流露于字里行间，与尾联的"乡书""归雁"，

遥相照应。这首诗重要的地方在哪？王湾所处的时代，由初唐进入盛唐，如果用四个字概括就是走向盛唐。当时既是宰相又是天下文宗的张说，特别喜欢这首诗，尤其喜欢"海日生残夜，江春入旧年"。据《河岳英灵集》记载："海日生残夜，江春入旧年"，自古少有此句。张燕公（张说）手题政事堂，每示能文，令为楷式。（康震）

答案

海	日	生	残	夜

嘉宾解读

词句出自苏轼的《江城子·乙卯正月二十日夜记梦》。宋神宗熙宁八年（1075），苏轼任密州（今山东诸城）知州时，年已四十。正月二十日这天夜里，他梦见爱妻王弗，便写

下了这首"有声当彻天，有泪当彻泉"的悼亡词。苏轼的这首词是"记梦"，而且明确写了做梦的日子。但实际上，词中记梦境的只有下片的五句，其他都是真挚朴素、沉痛感人的抒情文字。"十年生死两茫茫"，

江城子·乙卯正月二十日夜记梦

苏轼

十年生死两茫茫，不思量，自难忘。千里孤坟，无处话凄凉。纵使相逢应不识，尘满面，鬓如霜。　夜来幽梦忽还乡，小轩窗，正梳妆。相顾无言，惟有泪千行。料得年年断肠处，明月夜，短松冈。

生死相隔，死者对人世是茫然无知了，而活着的人对逝者呢，不也同样吗？恩爱夫妻，一朝永诀，转瞬十年了。"不思量，自难忘"，人虽已亡，而过去美好的情景"自难忘"啊！上阕写词人对亡妻深沉的思念；下阕记述梦境，抒发了词人对亡妻执着不舍的深情。上阕纪实，下阕记梦，衬托出对亡妻的思念，加深了全词的悲伤基调。词中采用白描手法，出语如话家常，却字字从肺腑镂出，自然而又深刻，平淡中寄寓着真淳。全词思致委婉，境界层出，情调凄凉哀婉，为脍炙人口的名作。（康震）

答案

惟	有	泪	千	行

嘉宾解读

词句出自《卜算子·我住长江头》，是宋代词人李之仪的作品。上阕写相离之远与相思之切，用江水写出双方的空间阻隔和情思联系，朴实中见深刻。下阕写女主人公对爱情的执着追求与热切期望。用江水之悠悠不断，喻相思之绵绵不已，最后以己之钟情期望对方，真挚恋情，倾口而出。（王立群）

北宋徽宗崇宁二年（1103），仕途不顺的李之仪被贬到太平州。祸

卜算子·我住长江头

李之仪

我住长江头，君住长江尾。日日思君不见君，共饮长江水。 此水几时休？此恨何时已？只愿君心似我心，定不负相思意。

不单行，先是女儿及儿子相继去世，接着与他相濡以沫四十年的夫人也撒手人寰。事业受到沉重打击，家人连遭不幸，李之仪跌落到了人生的谷底。这时一位年轻貌美的奇女子出现了，就是当地绝色歌伎杨姝。杨姝是个很有正义感的歌伎。早年，黄庭坚被贬到当涂做太守，只有十三岁的杨姝，就为黄庭坚的遭遇抱不平，并弹了一首古曲《履霜操》。《履霜操》，尹吉甫之子伯奇所作。伯奇无罪，遭后母所谗而被逐，最后"援琴鼓之而作此操，曲终"，投河而死。杨姝与李之仪偶遇，又弹起这首《履霜操》，正触动李之仪心中的痛处，李之仪对杨姝一见倾心，把她当知音，接连写下几首诗词听她弹琴。这年秋天，李之仪携杨姝来到长江边，面对知冷知热的红颜知己和滚滚东逝、奔流不息的江水，心中涌起万般柔情，写下了这首千古流传的爱情词。（康震）

答案

我	住	长	江	头

❀ 嘉宾寄语 ❀

董卿："海内存知己，天涯若比邻"，用这话形容我们《中国诗词大会》真是再合适不过了。我们的选手来自五湖四海，因为诗歌而相聚，因兴趣爱好而相交相知。两位老师，如果请您选一首古诗，您推荐哪首诗？

康震：那肯定是《静夜思》，这首诗在华人世界几乎无人不知、无人不晓。在这样一个中秋的月夜，如果要让我向全世界推荐一首诗，我肯定首选李白的《静夜思》。为什么？据香港的一个调查说，在华语世界，流传最广的诗就是《静夜思》。在中秋的月夜，李白说"床前明月光，疑是地上霜。举头望明月，低头思故乡"，语言如此浅白，没有哪个人读了这首诗不为之感动，所以首选《静夜思》。

王立群：觉得《敕勒歌》这诗特别好，"风吹草低见牛羊"，这是来自少数民族的歌曲，是用汉语记录下来的。这说明优秀的诗歌，不仅是汉民族的，也是整个中华民族共同创造的一笔宝贵的精神财富。

白	宫	头
对	女	更
短	搔	相

25

君	地	明
疑	故	霜
月	是	上

26

病	故	人
有	多	老
心	舟	孤

27

儿	天	共
无	时	女
涯	巾	此

28

春望

杜甫

国破山河在，城春草木深。感时花溅泪，恨别鸟惊心。烽火连三月，家书抵万金。白头搔更短，浑欲不胜簪。

嘉宾解读

诗句出自杜甫的《春望》。天宝十四载（755）十一月，安禄山起兵叛唐。次年六月，叛军攻陷潼关，唐玄宗匆忙逃往四川。七月，太子李亨即位于灵武（今属宁夏），即唐肃宗，改元至德。杜甫闻讯，即将家属安顿在鄜州，只身一人投奔肃宗朝廷，结果不幸在途中被叛军俘获，解送至长安。后因官职卑微，才未被囚禁。至德二年春，身处沦陷区的杜甫，目睹了长安城一片萧条零落的景象，家人杳无音信，百感交集，便写下了这首传诵千古的名作。诗中以明媚的春色、美好的事物来反衬，更为深刻地表达了强烈的情感，令人闻之不胜悲、诵之愁无限。正如郁达夫《奉赠》诗之五评论说："一纸家书抵万金，少陵此语感人深。"（康震）

答案

白	头	搔	更	短

嘉宾解读

诗句出自李白的《静夜思》。这诗很有意思，虽然大家都很熟悉，但我们现在读到的这个版本，是明代人的版本，还有一个宋代人的版本，就是我们现在能看到的李白诗

静夜思

李白

床前明月光，疑是地上霜。举头望明月，低头思故乡。

集最早的版本——四川地区使用的课本。这一版本是："床前看月光，疑是地上霜。举头望山月，低头思故乡。"显然，宋代的版本肯定更接近李白的原创。明代人总爱改古人的东西，比如唐诗，就改得很多。明代人好评唐诗，喜欢唐诗，并对诗歌的普及做了大量的工作，印刷了许多唐人的诗集，所以李白《静夜思》这首诗被改来改去，最后进入到大众视野的，实际上不是最接近于李白原来创作的版本了。但我们现在读明代的这个版本，觉得很顺溜。为什么？因为是修饰过的。这也就证明，经典是在流传的过程中，一步一步完善起来的。（康震）

答案

疑	是	地	上	霜

登岳阳楼

杜甫

昔闻洞庭水，今上岳阳楼。吴楚东南坼，乾坤日夜浮。亲朋无一字，老病有孤舟。戎马关山北，凭轩涕泗流。

嘉宾解读

诗句出自杜甫的《登岳阳楼》。该诗作于唐代宗大历三年（768），杜甫时年五十八岁，距他生命的终结仅有一年。当时诗人处境艰难，凄苦不堪，年老体衰，患肺病及风痹症，左臂偏枯，右耳已聋，靠吃药维持生命。大历三年，当时杜甫沿江由江陵、公安一路漂泊，来到岳州（今属湖南），登上神往已久的岳阳楼，凭轩远眺，面对烟波浩渺、壮阔无垠的洞庭湖，诗人发出由衷的礼赞。继而想到自己晚年漂泊无定，国家多灾多难，又不免感慨万千。该诗是一首即景抒情之作，诗人在作品中描绘了岳阳楼的壮观景象，反映了诗人晚年生活的不幸，抒发了诗人忧国忧民的情怀。（康震）

🌸 **答案** 🌸

老	病	有	孤	舟

望月怀远

张九龄

海上生明月，天涯共此时。情人怨遥夜，竟夕起相思。灭烛怜光满，披衣觉露滋。不堪盈手赠，还寝梦佳期。

🌸 **答案** 🌸

天	涯	共	此	时

下	步	向
天	歌	镜
项	月	曲

29

声	泉	上
清	水	眼
流	无	石

30

晚	来	五
欲	月	路
雪	天	气

31

白	河	日
长	山	落
尽	人	依

32

咏鹅

骆宾王

鹅，鹅，鹅，曲项向天歌。
白毛浮绿水，红掌拨清波。

答案

曲	项	向	天	歌

嘉宾解读

诗句出自王维的《山居秋暝》。此诗描绘了秋雨初晴后傍晚时分山村的旖旎风光和山居村民的淳朴风尚，表现了诗人寄情山水田园并对隐居生活怡然自得的满足心情，以自然美来表现人格美和社会美。全诗将空山雨后的秋凉，松间明月的光照，石上清泉的声音以及浣女归来竹林中的喧笑声，渔船穿过荷花

山居秋暝

王维

空山新雨后，天气晚来秋。明月松间照，清泉石上流。竹喧归浣女，莲动下渔舟。随意春芳歇，王孙自可留。

的动态，和谐完美地融合在一起，给人一种丰富新鲜的感受。它像一幅清新秀丽的山水画，又像一支恬静优美的抒情乐曲，体现了王维诗中有画的创作特点。（康震）

答案

清	泉	石	上	流

31

问刘十九

白居易

绿蚁新醅酒，红泥小火炉。晚来天欲雪，能饮一杯无？

嘉宾解读

诗句出自白居易的《问刘十九》。对于白居易，大家都比较熟悉，中学课本里的《卖炭翁》，就是白居易的诗。但白居易最为大家所喜爱的诗，还是类似于"晚来天欲雪，能饮一杯无"这样的诗，这叫"元和体"。所谓"元和体"，专指唐宪宗元和年间（806—820）开始流行的一种诗体。广义的元和体是指唐宪宗元和以来的各种新体诗文。狭义的元和体是指元稹、白居易诗歌创作中次韵相酬的长篇排律和包括艳体在内流连光景的中短篇杂体诗。他们非常喜欢写短小精悍、反映士大夫情怀的小诗，而不是所谓高大上的，没有艰难困苦的内容。

（康震）

答案

晚	来	天	欲	雪

登鹳雀楼

王之涣

白日依山尽，黄河入海流。欲穷千里目，更上一层楼。

嘉宾解读

诗句出自王之涣的《登鹳雀楼》。这首诗的作者其实还有一种说法，版本依据是《唐人选唐诗》，就是唐代人选当代作家的诗，其中有一本书叫《国秀集》，共三卷，唐人芮挺章编选。此书编于天宝三载（744），是在唐玄宗的授意下选编的一个诗集，选诗二百一十八首，作者八十八人，最早的为生活在高宗、武后期间的宫廷诗人李峤，最后为祖咏，大体以世次为先后，选诗标

准为"风流婉丽"。所以集中所选多为音韵和谐的近体诗，其内容也以应制奉和、送往迎来的应酬之作为多，反映社会矛盾、风格豪放的作品很少。如李白、岑参这些诗人的作品则一首不选。王维入选七首，除"中岁颇好道"外，均非其代表作。八十八位入选者中，多是不入流的诗人。芮氏集中还选了自己两首诗，并选楼颖五首，楼氏则在《序》中对此选大加吹捧，开后世互相标榜之风。其中收王之涣诗三首，同时还收了一位叫朱斌的一首《登楼》诗。这首诗与目前流传的王之涣诗的前三句一样，只有第四句是"更上一重楼"。到了宋代，《登楼》诗的诗题就增加了"鹳雀"两个字，作者也换成了王之涣。这首诗后人之所以都认为是王之涣写的，受影响最大的是清代成书的两部书：《唐诗别裁集》和《唐诗三百首》。由于这两部

书影响非常大，所以后来这首诗的作者为王之涣，就几乎成了定论。

（王立群）

白	日	依	山	尽

来	不	枝
春	晓	发
眠	足	觉

33

一	愿	人
采	君	撷
但	久	多

34

声	鸡	月
五	山	茅
店	雪	更

35

空	见	新
不	山	松
雨	落	人

36

春晓

孟浩然

春眠不觉晓，处处闻啼鸟。夜来风雨声，花落知多少。

答案

春	眠	不	觉	晓

相思

王维

红豆生南国，春来发几枝？愿君多采撷，此物最相思。

答案

愿	君	多	采	撷

嘉宾解读

诗句出自温庭筠的《商山早行》。诗描写了早行旅途中寒冷凄清的景色，整首诗文中虽然没有出现一个"早"字，但通过霜、茅店、鸡声、人迹、板桥、月这六个意象，把初春

商山早行

温庭筠

晨起动征铎，客行悲故乡。鸡声茅店月，人迹板桥霜。槲叶落山路，枳花明驿墙。因思杜陵梦，凫雁满回塘。

山村黎明特有的景色，细腻而又精致地描绘了出来。全诗语言明净，结构缜密，情景交融，含蓄有致，字里行间流露出游子旅途的失意、无奈和浓浓的思乡之情。（王立群）

"鸡声茅店月，人迹板桥霜"

两句诗，可分解为代表十种景物的十个名词：鸡、声、茅、店、月、人、迹、板、桥、霜。对于早行者来说，板桥、霜和霜上的人迹，也都是有特征性的景物。作者于雄鸡报晓、残月未落之时上路，也算得上"早行"了；然而已经是"人迹板桥霜"，这真是"莫道君行早，更有早行人"啊！这两句纯用名词组成的诗句，写早行情景宛然在目，确实称得上"意象俱足"的佳句。（康震）

答案

鸡	声	茅	店	月

鹿柴

王维

空山不见人，但闻人语响。返景入深林，复照青苔上。

答案

空	山	不	见	人

众	山	尽
决	鸟	眦
高	飞	千

37

江	荒	清
人	大	近
流	月	平

38

萧	边	下
无	马	班
鸣	萧	落

39

江	愁	流
日	天	暮
客	外	地

40

独坐敬亭山

李白

众鸟高飞尽，孤云独去闲。相看两不厌，只有敬亭山。

答案

众	鸟	高	飞	尽

宿建德江

孟浩然

移舟泊烟渚，日暮客愁新。野旷天低树，江清月近人。

嘉宾解读

诗句出自孟浩然的《宿建德江》。孟浩然于唐玄宗开元十八年（730）离乡赴洛阳，再漫游吴越，借以排遣仕途失意的悲愤，《宿建德江》当作于作者漫游吴越时。这首诗写得非常妙，"野旷天低树，江清月近人"，视觉的差别，天比树还要低，树反而到天上去了。因为"野旷"所以天低于树，因为"江清"所以月能近人，天和树、人和月的关系，写得恰切逼真，反映的是一种非常旷远的境界，有种久居山林的隐士的感觉。全诗先写羁旅夜泊，再叙日暮添愁，然后写到宇宙广袤宁静，明月伴人更亲，一隐一现，虚

实相间，两相映衬，互为补充，构成一种特殊的意境。诗中虽只有一个愁字，却把诗人内心的忧愁写得淋漓尽致。（康震）

答案

江	清	月	近	人

送友人

李白

青山横北郭，白水绕东城。此地一为别，孤蓬万里征。浮云游子意，落日故人情。挥手自兹去，萧萧班马鸣。

嘉宾解读

诗句出自李白的《送友人》。唐代士人多喜漫游，有些人漫游是为了自然风光，有些人却是为了寻找机遇。像李白这样天天都想着能够出人头地的人，他的友人估计跟他也差不多，所以这首诗里，既有些许的忧伤、沉郁，也有一些昂扬的因素。这首送别诗写得新颖别致，不落俗套，诗中青山、流水、红日、白云，相互映衬，色彩璀璨，班马长鸣，形象新鲜活泼，组成了一幅有声有色的画面。（康震）

答案

萧	萧	班	马	鸣

汉江临眺

王维

楚塞三湘接,荆门九派通。江流天地外,山色有无中。郡邑浮前浦,波澜动远空。襄阳好风日,留醉与山翁。

嘉宾解读

诗句出自王维的《汉江临眺》。山翁,一作"山公",指山简,三国魏晋时期竹林七贤之一山涛的幼子,西晋将领,曾镇守襄阳,有政绩,好酒,每饮必醉。《晋书·山简传》说他曾任征南将军,镇守襄阳。当地习氏的园林,风景很好,山简常到习家池上大醉而归。这里借指襄阳地方官。一说是作者以山简自喻。唐玄宗开元二十八年(740),时任殿中侍御史的王维,因公务去南方,途经襄阳。此诗是诗人在襄阳城欣赏汉江景色时所作。诗以淡雅的笔墨,描绘了汉江壮丽的景色,表达了诗人追求美好境界、希望寄情山水的思想情感,也隐含了歌颂地方行政长官的功绩之意。(王立群)

答案

江	流	天	地	外

可	留	孙
送	春	王
去	又	子

41

国	江	陵
三	应	故
千	里	情

42

梅	数	秋
里	角	枝
墙	千	间

43

落	旗	长
照	日	河
山	天	圆

44

草

白居易

离离原上草，一岁一枯荣。野火烧不尽，春风吹又生。远芳侵古道，晴翠接荒城。又送王孙去，萋萋满别情。

嘉宾解读

诗句出自白居易的《草》。这道题出错不大应该，因为这首诗太有名，大家太熟悉了。这是一首应考习作，相传为白居易十六岁时所作。按科举考试规定，凡指定的试题，题目前须加"赋得"二字，作法与咏物诗类似。诗题一作《赋得古原草送别》。诗通过对古原上野草的描绘，抒发送别友人时的依依惜别之情。全诗章法谨严，用语自然流畅而又工整，写景抒情水乳交融，意境浑成，在"赋得体"中堪称绝唱。据宋人尤袤的《全唐诗话》记载：白居易十六岁时从江南到长安，带了诗文谒见当时的大名士顾况。顾况看了名字，开玩笑说："长安米贵，居大不易。"但当翻开诗卷，读到这首诗中"野火烧不尽，春风吹又生"两句时，不禁连声赞赏说："有才如此，居亦何难！"连诗坛老前辈也被折服了，可见此诗的艺术造诣之高。

（王立群）

答案

又	送	王	孙	去

何满子

张祜

故国三千里，深宫二十年。一声《何满子》，双泪落君前。

多写宫女失宠或不得幸之苦，此诗却一反其俗，写在君前的挥泪怨恨，还一个被夺去幸福与自由女性的本来面目。全诗只用了"落"字一个动词，其他全部以名词组成，因而显得特别简括凝练，强烈有力；又每句嵌入数目字，把事件表达得清晰而明确。（康震）

嘉宾解读

诗句出自张祜的《何满子》。这是一首短小的宫怨诗。一般宫怨诗，

答案

故	国	三	千	里

梅花

王安石

墙角数枝梅，凌寒独自开。遥知不是雪，为有暗香来。

嘉宾解读

诗句出自王安石的《梅花》。王安石自幼记忆力超强，有过目不忘的本领。他学习认真、刻苦，又酷爱读书，经常手不释卷。到了青少年的时候，就早已成为远近闻名的才子了。在他二十二岁那一年，参加

了科举考试。但他吃亏就吃在了说话正直且文笔犀利。阅卷老师原本评定结果为：王安石第一名，王珪第二名，韩绛第三名，杨寘第四名，但等到张榜公布的结果，状元却成了别人的。王安石一没作弊，二没违反政策，更没什么不符合报考的条件，为什么到手的状元却成了原本名列第四的杨寘的呢？这第四名的杨寘，是当朝的显贵兼本次考试的主考官晏殊家女婿杨察的弟弟，也就是晏殊女儿的小叔子。也亏得晏殊的人品不错，要不然还不早走了后门儿？杨察很关心自己的亲弟弟，就从他老岳父那儿打探出了杨寘等人的考试成绩。你说临场发挥不咋的吧，他还自得其乐呢，杨寘本以为第一非他莫属，没成想哥哥的一盆冷水把他浇了个透心儿凉。大话已经吹出去了，就只好解一解嘴气喽。瞧瞧他与酒友们喝酒时的那股气哼哼的劲儿："嘭"的一声拍案而起，嘴里还不干不净地骂骂咧

咧：这第一就应该是我的，也不知道是哪头驴抢走了我的状元！看，状元两字儿就好像已经贴在了他脑门儿上似的！再说了，凭什么就该是你的呀？也该着王安石倒霉。当主考官将考卷呈给宋仁宗看时，皇上对王安石文章里的一句"孺子其朋"感到很不满意，说：好你个毛头小子，羽翼尚未丰满，就想在朕面前指手画脚！哼！简直是不自量力嘛。于是，仁宗二话没说，就把王安石的第一给划掉了。实际上王安石也很冤，他没别的意思，也是从经典上引用的，但没想到竟触到了皇帝的忌讳，结果丢掉了本该属于自己的状元郎。按照大宋的科考规定：凡是参加考试的官宦子弟，一律没有夺得状元桂冠的资格。即使成绩优异，也要降低名次，然后再依次递补其他参考举子为状元。那么，王安石被淘汰出局以后，第二的王珪和第三的韩绛二人都是官宦之家，当然没有获得状元的资

格。所以歪打正着，状元还是被杨寘给顺手牵羊地捡走了。王安石的心态真好！他觉得，状元又有什么了不起的呢，那也不过是人们一时口口相传、过眼云烟的佳话罢了。问题的关键是，求得一份正当职业才是硬道理。不过，是金子总会发光的，不是状元又怎样？后来，他照样成为北宋历史上的一代名相！（康震）

王安石在文学上成就突出，其散文论点鲜明、逻辑严密，有很强的说服力，充分发挥了古文的实际功用；小文简洁峻切、短小精悍，名列"唐宋八大家"。其诗"学杜得其瘦硬"，擅长于说理与修辞，晚年诗风含蓄深沉、深婉不迫，以丰神远韵的风格在北宋诗坛自成一家，世称"王荆公体"。他潜心研究经学，著书立说，被誉为"通儒"，创"荆公新学"，促进宋代疑经变古学风的形成。哲学上，用"五行说"阐述宇宙生成，丰富和发展了中国古代朴素唯物主义思想；其哲学命题"新故相除"，把中国古代辩证法推到一个新的高度。（王立群）

答案

墙	角	数	枝	梅

嘉宾解读

诗句出自王维的《使至塞上》。无边无际的大漠中，烽火台上的一缕孤烟，直上青天；长河似带，落日异常浑圆。这两句诗，凸现了大漠的粗犷、强毅。诗句语不惊奇，朴实无华，却能状难言之景于目前，含不尽之意于言外，达到了浑成的境界，显示了诗人的深厚功力。（康震）

使至塞上

王维

单车欲问边，属国过居延。征蓬出汉塞，归雁入胡天。大漠孤烟直，长河落日圆。萧关逢候骑，都护在燕然。

长	河	落	日	圆

发	高	明
镜	白	三
里	知	不

45

野	曲	云
径	俱	幽
处	通	残

46

锦	虽	花
乐	丝	重
城	官	然

47

两	相	不
阔	潮	看
平	青	岸

48

动	有	莲
如	神	洲
笔	渔	下

49

秋浦歌十七首·其十五

李白

白发三千丈，缘愁似个长。不知明镜里，何处得秋霜？

嘉宾解读

诗句出自李白的《秋浦歌》。这首诗大约作于唐玄宗天宝末年，这时唐朝政治腐败，国家危机四伏，诗人对整个局势深感忧虑。此时，李白已经五十多岁了，理想不能实现，反而受到压抑和排挤，怎不使诗人愁生白发、鬓染秋霜呢？诗采用浪漫夸张的手法，抒发了诗人怀才不遇的苦衷。开篇便是大胆的夸张"白发三千丈"，次句点出原因，化无形之愁为有形之物。末两句将万端心绪汇于一问之中，言尽而意蕴不尽。诗人的"愁"，让人看得见、摸得着，该诗也因此成为言愁的千古名句。（蒙曼）

答案

不	知	明	镜	里

嘉宾解读

诗句出自常建的《题破山寺后禅院》。常建虽还算是比较有名的诗人，但对一般大众来讲，这个人就没有什么名气了。他的诗以田园、山水为主要题材，风格接近王（维）、孟（浩然）一派。他善于运用凝练简洁的笔触，表达出清寂幽邃的意境。这类诗中往往流露出"淡泊"襟怀。其实他对现实并未完全忘情，而是有所

题破山寺后禅院

常建

清晨入古寺,初日照高林。
曲径通幽处,禅房花木深。山
光悦鸟性,潭影空人心。万籁
此都寂,惟馀钟磬音。

感慨,有所期望,也有所指责,这在
占相当比重的边塞诗中尤为明显。
此诗抒写清晨游破山寺后禅院的观
感,以凝练简洁的笔触描写了一种
景物独特、幽深寂静的境界,表达了
诗人游览名胜的喜悦和对高远意境
的强烈追求。全诗笔调古朴,层次分
明,兴象深微,意境浑融,简洁明净,
感染力强,艺术上相当完整,是唐代
山水诗中独具一格的名篇。(康震)

欧阳修后来也仿作过,"曲径
通幽处"这句话一再被山寨,山寨
来山寨去,没有哪一句能替代这句,
因为这是在作者的笔下自然而然地
"流"出来的。(蒙曼)

他的诗其实有一点像王维,但是
不到位。对此,纪晓岚曾说:其诗意
境清迥,语言洗练自然,艺术上有独
特造诣。现存诗57首,数量虽不多,
而"卓然与王(维)、孟(浩然)抗行
者,殆十之六七"。常建的诗题材比
较狭隘,虽然也有一些优秀的边塞
诗,但绝大部分属描写田园风光、山
林逸趣之作。(康震)

答案

曲	径	通	幽	处

嘉宾解读

诗句出自杜甫的《春夜喜雨》。
平常之景最难写,能写难状之景如

在目前,且如此真切入微,令人如临
其境,只有大诗人能够做到。这首
五律诗前两联用流水对,把春雨的

春夜喜雨

杜甫

好雨知时节，当春乃发生。随风潜入夜，润物细无声。野径云俱黑，江船火独明。晓看红湿处，花重锦官城。

神韵一气写下，尾联写一种骤然回首的惊喜，格律严谨而浑然一体。诗人是按先"倾耳听雨"、再"举首望雨"、后"闭目想象"的过程和角度，去表现春夜好雨的。诗从听觉写至视觉，乃至心理感觉，从当夜想到清晨，结构严谨，描写细腻；语言锤炼精工；巧妙地运用了拟人、对比等具有较强表现力的艺术手法。诗中句句绘景，句句写情，不用喜悦欢愉之类词汇，却处处透露出喜悦的气息和明快的情调。（蒙曼）

答案

花	重	锦	官	城

次北固山下

王湾

客路青山外，行舟绿水前。潮平两岸阔，风正一帆悬。海日生残夜，江春入旧年。乡书何处达？归雁洛阳边。

答案

潮	平	两	岸	阔

奉赠韦左丞丈二十二韵（节选）

杜甫

甫昔少年日，早充观国宾。读书破万卷，下笔如有神。赋料扬雄敌，诗看子建亲。李邕求识面，王翰愿卜邻。自谓颇挺出，立登要路津。致君尧舜上，再使风俗淳。

嘉宾解读

诗句出自杜甫的《奉赠韦左丞丈二十二韵》。虽然大家都熟悉"读书破万卷，下笔如有神"，但杜甫写这首诗的时候一点也不神奇。杜甫一生有一个阶段叫"长安十年"。这十年里头，他在长安什么收获都没有，叫天天不应，叫地地不灵。这首诗虽是叙写作者自己的才学以及生平志向和抱负，倾吐了仕途失意、生活困顿的窘状，并且抨击了当时黑暗的社会和政治现实。但实际上是写给那帮在位的官员看的，言外之意似乎在说：赶紧给我一个机会，我会大有作为的。杜甫作为一名儒家的信徒，能说出这样的话来，实在是走投无路。"下笔如有神"，实际是在向别人极力推荐自己。由此我们可以看出唐朝人的另一面，像"万国衣冠拜冕旒""大道如青天，我独不得出"，他们虽然历经很多坎坷磨难，遭遇不幸，但依然很阳光，这是盛唐时人一个很大的特点。所以杜甫这首诗，等于给我们展示了盛唐人在面对挫折之时的那一面。这是他们本质的、主导的一面，是"长风破浪会有时，直挂云帆济沧海"——实现我理想的那一天会来到的，我将大显身手、大展宏图。

（康震）

"下笔如有神"这句特别了不起，其中所体现的"自信"和"长风破浪会有时"是一样的。杜甫的经历比李白要丰富得多，他"读书破万卷，下笔如有神"，文才好，有思想。他立志"致君尧舜上，再使风俗淳"，虽然"朝扣富儿门，暮随肥马尘。残杯与冷炙，到处潜悲辛"，但他仍不忘君、不忘亲，更不想埋没自己。所以"白鸥没浩荡，万里谁能驯"？实际上代表了杜甫的精神，将诗人高洁的情操、宽广的胸怀、刚强的性格，表现得辞气喷薄，跃然纸上。（蒙曼）

答案

下	笔	如	有	神

九宫格：请从以下12个字中识别一句诗词

千	众	飞	常
花	百	里	入
寻	姓	度	他

50

飞	江	芳	三
尺	旬	流	绕
直	千	宛	下

51

风	遥	水	杏
村	酒	花	牧
童	旗	指	郭

52

停	眠	车	枫
渔	坐	愁	火
对	爱	江	林

53

青玉案·元夕

辛弃疾

东风夜放花千树。更吹落、星如雨。宝马雕车香满路。凤箫声动，玉壶光转，一夜鱼龙舞。　蛾儿雪柳黄金缕。笑语盈盈暗香去。众里寻他千百度，蓦然回首，那人却在，灯火阑珊处。

嘉宾解读

词句出自辛弃疾的《青玉案·元夕》。这首词我说一点。辛弃疾是一个大英雄，他不仅是一个文学家，也是一个军事家。辛弃疾出生时，北方就已沦陷于金人之手。他的祖父辛赞虽在金国任职，却一直希望有机会能够拿起武器和金人决一死战。因为辛弃疾的先辈和金人有

不共戴天之仇，并常常带着辛弃疾"登高望远，指画山河"。同时，辛弃疾也不断亲眼目睹汉人在金人统治下所受的屈辱与痛苦。这一切使他在青少年时代，就立下了恢复中原、报国雪耻的志向，因而他骨子里有一种燕赵奇士的侠义之气。但他又是一个孤独的英雄，现实对辛弃疾是残酷的。他虽有出色的才干，但他豪迈倔强的性格和执着北伐的热情，却使他难以在官场上立足。辛弃疾初到南方时，对南宋朝廷的怯懦和畏缩并不了解，加上宋高宗赵构曾赞许过他的英勇行为，宋孝宗也一度表现出想要恢复失地、报仇雪耻的锐气，所以他在南宋任职的前一时期中，曾写了不少有关抗金北伐的建议。但已经不愿意再打仗的朝廷却反应冷淡，只是对辛弃疾在建议书中所表现出的实际才干很感兴趣，于是先后把他派到江

西、湖北、湖南等地担任转运使、安抚使一类重要的地方官职，去治理荒政、整顿治安。这显然与辛弃疾的理想大相径庭，虽然他干得很出色，但由于深感岁月流逝、人生短暂

而壮志难酬，内心也越来越感到压抑和痛苦。（康震）

答案

众	里	寻	他	千	百	度

望庐山瀑布

李白

日照香炉生紫烟，遥看瀑布挂前川。飞流直下三千尺，疑是银河落九天。

答案

飞	流	直	下	三	千	尺

清明

杜牧

清明时节雨纷纷，路上行人欲断魂。借问酒家何处有？牧童遥指杏花村。

嘉宾解读

诗句出自杜牧的《清明》。这首诗很有意思，中国人都很熟悉。断魂，我记得老舍曾写过一篇小说叫《断魂枪》，描写主人翁的枪法非常厉害。但古诗里写断魂的时候，往往是销魂，就是被清明时节的纷纷

细雨陶醉了。可是觉得还缺了点东西——缺酒。这里面有雨，有行人，有酒家，有牧童，有杏花村，就像是一幅水墨画。所以诗未必一定实写，但一旦写出来，就要让人如临其境。（康震）

中国古代，清明时节不只有扫墓这一个民俗。原来清明和上巳两个分开的节日，后来合并到一块儿了。上巳节在中国传统历法的三月初三，这是一个踏青的娱乐性节日，后来合并于清明节，这个节日就有了两个含义：一方面是祭祀，一方面是踏青。所以，在这个节日喝酒，就可能包含两个方面的原因：一是祭祀，有点借酒消愁的含义；二是游春，就是喝酒助兴了。（蒙曼）

答案

| 牧 | 童 | 遥 | 指 | 杏 | 花 | 村 |

枫桥夜泊

张继

月落乌啼霜满天，江枫渔火对愁眠。姑苏城外寒山寺，夜半钟声到客船。

嘉宾解读

诗句出自张继的《枫桥夜泊》。这首诗也是唐诗中流传最广的一首诗，好像韩国和日本的小学课本里都选了这首诗。正因为这个原因，所以现在寒山寺的游客特别多。但是也有一个遗憾，就是寒山寺的大钟被日本人偷走了，直到现在仍下落不明。（蒙曼）

所以像这首诗与《春江花月夜》等诗一样，一个作者一辈子只作一首好诗就足够了，让人们一千年以后还难以忘怀。（康震）

🌿 **答案** 🌿

江	枫	渔	火	对	愁	眠

醉	笑	场	出
去	卧	莫	仰
门	沙	天	君

54

潮	水	月	刀
连	春	江	似
二	剪	风	平

55

是	半	闺	梦
抱	深	犹	遮
人	琶	面	琵

56

愿	身	无	作
翼	彩	在	凤
双	天	鸟	比

57

凉州词

王翰

葡萄美酒夜光杯，欲饮琵琶马上催。醉卧沙场君莫笑，古来征战几人回？

嘉宾解读

诗句出自王翰的《凉州词》。王翰是一位非常豁达的边塞诗人，边塞诗人写的诗可能是比较残酷的，或者是苍凉、苍茫的那种感觉。但是王翰的诗，却在苍茫之中还带有一种嬉笑怒骂的感觉。会给人一种不光是看破世事，而且还有积极奋进之感。（选手）

我打断你一下，由于王翰流传到后代的作品只有十四首诗，所以大多数人都不太解他，只知道他的《凉州词》。王翰，唐睿宗景云元年（710）中进士，玄宗时做过官，后被贬为道州司马，死于贬所。他人品好，性豪放，喜游乐饮酒，能写歌词，并自歌自舞。其诗题材大多吟咏沙场少年、玲珑女子以及欢歌饮宴等，表达对人生短暂的感叹和及时行乐的旷达情怀。词语似云铺绮丽，霞叠瑰秀；诗音如仙笙瑶瑟，妙不可言。所以当时有一位"名人"叫杜华，杜华的母亲崔师曾说过这样一句话：吾闻孟母三迁，使我的儿子能与王翰为邻，足矣。（郦波）

答案

醉	卧	沙	场	君	莫	笑

咏柳

贺知章

碧玉妆成一树高,万条垂下绿丝绦。不知细叶谁裁出,二月春风似剪刀。

| 二 | 月 | 春 | 风 | 似 | 剪 | 刀 |

琵琶行(节选)

白居易

移船相近邀相见,添酒回灯重开宴。千呼万唤始出来,犹抱琵琶半遮面。转轴拨弦三两声,未成曲调先有情。弦弦掩抑声声思,似诉平生不得志。

| 犹 | 抱 | 琵 | 琶 | 半 | 遮 | 面 |

长恨歌（节选）

白居易

七月七日长生殿，夜半无人私语时。在天愿作比翼鸟，在地愿为连理枝。天长地久有时尽，此恨绵绵无绝期。

答案

在	天	愿	作	比	翼	鸟

于	月	叶	满
花	霜	乌	烟
天	啼	二	红

58

花	堪	犹	日
须	隔	开	后
唱	庭	直	江

59

此	三	曲	上
白	行	青	应
天	有	一	鹭

60

东	二	刀	月
剪	周	便	与
不	春	风	郎

61

山行

杜牧

远上寒山石径斜,白云深处有人家。停车坐爱枫林晚,霜叶红于二月花。

答案

霜	叶	红	于	二	月	花

泊秦淮

杜牧

烟笼寒水月笼沙,夜泊秦淮近酒家。商女不知亡国恨,隔江犹唱《后庭花》。

答案

隔	江	犹	唱	《后	庭	花》

嘉宾解读

诗句出自杜甫的《绝句》。这个题出得特别有意思。"此曲只应天上有,人间难得几回闻",这两个放在一起,我读诗特别容易联想,实际上诗也容易让人联想。一行白鹭为什么上青天? 因为此曲只应天上有, 那是上天听曲去了。很有意思。

（郦波）

绝句

杜甫

两个黄鹂鸣翠柳, 一行白鹭上青天。窗含西岭千秋雪, 门泊东吴万里船。

答案

| 一 | 行 | 白 | 鹭 | 上 | 青 | 天 |

赤壁

杜牧

折戟沉沙铁未销, 自将磨洗认前朝。东风不与周郎便, 铜雀春深锁二乔。

嘉宾解读

诗句出自杜牧的《赤壁》。这道题其实最具"时代特征", 在当前诗坛上的青年诗人中, 有一件很有趣的事情, 就是对这首诗进行的各种改编, 如: "东风不与便周郎, 铜雀春深锁上桑。"类似这样的改编还有很多。可能朋友们对于现在诗词创作的人不太了解, 认为他们很古板, 一本正经。也有人感觉这圈子里的人非常幽默, 他们不仅学问广博, 而且思维很敏捷, 跟他们聊天觉得非常有趣。这首诗挺好玩的, 涉及对周瑜在赤壁之战中的评价。由于现在人们受《三国演义》的影响, 一说赤壁之战谁打的? 好像就是诸葛亮打的, 诸葛亮对曹操。其实那时候哪有诸葛亮什么事啊? 都是周瑜啊！周瑜也不算少爷，三十多岁，正是最好的年华。在唐朝，其实没有人这么认为，我看过很多唐诗，没有一首唐诗把诸葛亮的功劳放在第一位。但是后来，小说的力量就大了。另外还有一个特好玩的事情，看见这个二乔，我想起一件事来，我们家乡那边姐妹的丈夫，互称"两乔"或者是"连乔"。这是怎么回事？就是大乔小乔，孙策和周瑜，所以就从那时候开始，人们就把这种姐妹的丈夫形成的姻亲，叫"两乔"。因此现在民间的一些说法，其实有着非常古雅的含义。只不过你问老百姓，他可能并不知道，就是日用而不知了。（蒙曼）

刚才讲的我也感触特深，当年我读这首诗的时候，一看"东风不与周郎便"，总感觉借东风没有诸葛亮啥事儿。《三国志》里面讲的是东南风，《周瑜传》里也说是东南风，实际上没有诸葛孔明任何事情。所以真正的赤壁之战，那是周公瑾当年的风采。而且周瑜也不像《三国演义》里所说的"三气周瑜"那样小肚鸡肠，而是胸怀特别大的人。《三国志》里就说他"文武筹略""万人之英""器量广大"，所以小说刚好把这个人物完全颠倒了。（郦波）

答案

东	风	不	与	周	郎	便

月	曾	明	水
海	泪	为	经
上	难	沧	珠

62

孤	远	寒	山
石	片	城	上
仞	斜	万	一

63

闻	忽	声	风
夜	水	一	琵
琶	春	如	来

64

人	世	在	一
生	回	不	媚
笑	称	百	眸

65

离思五首·其四

元稹

曾经沧海难为水，除却巫山不是云。取次花丛懒回顾，半缘修道半缘君。

嘉宾解读

诗句出自元稹的《离思五首·其四》。诗是元稹写给韦丛的，我觉得元稹是历史上著名的深情、但不专情的人。这首诗足以表明他对韦丛的情也确实深，但他一生爱的人不止这一个。此诗的受诗人究竟是谁？有人说："此为悼念亡妻韦丛之作"，显然与事实不符。《全唐诗》于《离思五首》题下注云："一本并前首作六首。"所谓前首，即《莺莺诗》，诗题下亦注云："一作《离思》诗之首篇。"据陈寅恪《元白诗笺证稿》考订：此诗乃"为其少日之情人所谓崔莺莺者而作"。而所谓崔莺莺者，实即名为"双文"的寒族女子。尽管她才艺双绝，仍终被元稹离弃。元稹为了飞黄腾达，不惜忍心负情，另婚高门女韦丛。由此足见：元稹对双文的感情，并不像他在此诗中所表示的那般忠诚。原因何在？正如元好问在《论诗三十首》中所说："心画心声总失真，文章宁复见为人？"可见，元稹的双重性格，在不同时期有不同的表演。他弃双文另娶，固是大谬不然，但当时的社会风气，也应该负很大部分的罪责。我觉得元稹多情是事实，深情也是事实。（蒙曼）

我补充一个小的细节，这首诗是悼亡诗中非常有名的，但其实元稹在他自己编的文集中，并没有把《离思五首》归入他的悼亡诗那一类。（郦波）

答案

曾	经	沧	海	难	为	水

凉州词

王之涣

黄河远上白云间，一片孤城万仞山。羌笛何须怨《杨柳》，春风不度玉门关。

嘉宾解读

诗句出自王之涣的《凉州词》。这既是一首诗，也是一首词。据唐人薛用弱《集异记》记载：开元（713—741）年间，王之涣与高适、王昌龄到旗亭饮酒，遇梨园伶人唱曲宴乐，三人便私下约定以伶人演唱各人所作诗篇的情形定诗名高下。王昌龄的诗被唱了两首，高适也有一首诗被唱到，王之涣接连落空。轮到诸伶中最美的一位女子演唱了，她所唱的正是"黄河远上白云间"，于是王之涣甚为得意。这就是著名的"旗亭画壁"故事。（郦波）

诗每一句的字数是固定的，到词了，就变成了长短句。"黄河远上白云间，一片孤城万仞山。羌笛何须怨《杨柳》，春风不度玉门关"。这是唐代著名诗人王之涣写的《凉州词》。传说有一次，清朝的乾隆皇帝来到大臣纪晓岚家里，看到纪晓岚正在练习书法，便顺手把手中的纸扇交给纪晓岚，让他在上面题一首诗。纪晓岚接过纸扇，只见上面有远山近城、杨柳春风。他略加思索，便龙飞凤舞地写下了王之涣的《凉州词》。纪晓岚题完诗，乾隆拿起纸扇，大加赞赏："龙飞凤舞，一气呵成，妙！真妙！"乾隆再仔细一看，发现诗中缺少了一个"间"字，大怒说："你故意漏字欺骗朕，该当何罪！"说着，把纸扇扔给了纪晓岚。纪晓岚拿起纸扇一看，果真漏掉了一个"间"字，他立即镇定地说："万岁息怒！我写的不是王之涣的《凉州词》，而是根据他的诗，重新写的一首词。"说罢，朗声读道："'黄河远上，白云一片，孤城万仞山。羌笛何须怨，杨柳春风，不度玉门关。'词是长短句，既然叫凉州词，应该这样改才是。"乾隆佩服，满意而去。

纪晓岚只改动了一下原诗中的标点符号，不仅让王之涣的名诗变成了名词，还让自己化险为夷，可见标点符号的魅力无穷啊！（王立群）

🌼 **答案** 🌼

一	片	孤	城	万	仞	山

64

白雪歌送武判官归京
岑参

北风卷地白草折，胡天八月即飞雪。忽如一夜春风来，千树万树梨花开。散入珠帘湿罗幕，狐裘不暖锦衾薄。将军角弓不得控，都护铁衣冷难着。瀚海阑干百丈冰，愁云惨淡万里凝。中军置酒饮归客，胡琴琵琶与羌笛。纷纷暮雪下辕门，风掣红旗冻不翻。轮台东门送君去，去时雪满天山路。山回路转不见君，雪上空留马行处。

🌼 **嘉宾解读** 🌼

诗句出自岑参的《白雪歌送武判官归京》。岑参于唐玄宗天宝十三载（754）夏秋之交到北庭，唐肃宗至德二载（757）春夏之交东归，此诗当作于此时。当时西北边疆一带，战事频繁，岑参怀着到塞外建功立业的志向，两度出塞，久佐戎幕，前后在边疆军队中生活了六年，因而对鞍马风尘的征战生活与冰天雪地的塞外风光有长期的观察与体会。天宝十三载这次，是岑参第二次出塞充任安西北庭节度使封常清的判官（节度使的僚属），而武

判官即其前任,诗人在轮台送他归京(唐代都城长安)而写下了此诗。(王立群)

65

长恨歌(节选)

白居易

天生丽质难自弃,一朝选在君王侧。回眸一笑百媚生,六宫粉黛无颜色。春寒赐浴华清池,温泉水滑洗凝脂。侍儿扶起娇无力,始是新承恩泽时。

烟	万	古	人
上	消	使	尔
愁	江	波	同

66

下	裳	花	容
云	三	衣	扬
月	州	明	烟

67

寺	始	千	开
水	深	桃	流
花	尺	盛	潭

68

心	鸟	草	犀
点	一	寸	通
别	灵	惊	有

69

黄鹤楼

崔颢

昔人已乘黄鹤去，此地空余黄鹤楼。黄鹤一去不复返，白云千载空悠悠。晴川历历汉阳树，芳草萋萋鹦鹉洲。日暮乡关何处是？烟波江上使人愁。

嘉宾解读

诗句出自崔颢的《黄鹤楼》。我发现九宫格跟十二宫格命题的难易程度，实际上取决于命题人，取决于命题人对难易程度的掌控。怎么掌控？第一行最关键。如果说命题人想增加难度，就把误导词更多地出现在第一行，一下子就把答题者误导了。如果命题人想让闯关者过关容易一点，他就不把误导词过多地放在第一行。如果第一行误导词非常多，一看有这么多熟悉的词，闯关者就可能顺着这个思路下去了，结果就错了，等你再改就没有时间了。所以降低难度最好的方法，就是在第一行少出现误导词，这样一来闯关者就少犯错误了。（王立群）

正确答案是"烟波江上使人愁"，这个"愁"字，的确在诗词当中出现的频率太高了。（董卿）

其实唐人写愁，有时候并不一定真的在生活中愁，愁就是个意象，就是个说法。（康震）

"问君能有几多愁"。（董卿）

"恰似一江春水向东流"。（康震）

"一种相思，两处闲愁"。"白发三千丈，缘愁似个长"。（董卿）

答案

烟	波	江	上	使	人	愁

赛场花絮

选手：董卿老师好，两位老师好！这道题我没有答错，两位老师说的只有说不出来的愁，才是真正愁。我这个年纪是上有老下有小的时候，也有很多不能言语的愁。所以对此特别有感触。我是黄明霞，是一名癌症患者，在去年的68天里经历了10次化疗、50次放疗、两次手术。整个人头发掉得一根都没有了，真的是不想见人，那是用语言难以表达的。经过治疗之后，两个月嗓子不能说话，那期间应该是我这辈子最难过的日子了。我妈快七十了，女儿才只有十四岁，那些日子非常难过。当时医院里有一位病友是一位语文老师，我们聊得很投机。我喜欢唱戏，她也喜欢唱，我唱老生，她唱旦角。她喜欢诗词，从唱戏一点点聊到诗词。我跟她说好了，两个人好了之后，一起去参加诗词类的节目。结果她没能挺过治疗，去年的时候已经去世了。所以我对自己说，这个节目我无论如何也要来。因为虽说她人不在了，但我们的承诺依然还在。再一个，我女儿还只有十四岁，我不能以一种颓废的心态面对她。

董卿：我们诗词大会考题中所涉及的这些被大家所热爱和推崇的大诗人，哪一个没有经历过忧患和苦难？他们把自己的那些难以向常人道的愁、恨，都寄托在了文字当中，并释放出穿越千古的力量，一直到今天还可以抚慰人们的心灵，这是他们伟大的地方。今天我们能够相聚在这里，去感受他们、遥望他们，还有这样一笔文化的财富让我们去拥有，这是我们的幸运。黄明霞在所有的百人团当中非常普通，普通到节目快结束了，才在无意中请她发言，却带来了如此感人至深的故事。她可能不像我们很多年轻人，见识广、阅历阔、受过高等教育，但她依然能够在原本并非是她专业的诗词当中，去吸取文化的力量，战胜了病魔，重新又站了起来，并且能够坐在今天的赛场上，与你们一起同场竞技，认认真真地回答每一道题目。就算你不可能自始至终站在这里，但你在我心里也赢了，你是人生的赢家，向你致敬！作为母亲，你给孩子做了一个榜样，我相信你的女儿，以后也一定会因为你而感到骄傲：她有这么一个坚强的、热爱生活的母亲。她也会因为你，走上一条更美好的人生道路。祝你们幸福，祝你健康！感谢黄明霞！二位老师有什么想说的？

康震：刚才听到这位大姐说，她是一个癌症患者。作为一些不治之症的患者，的确发现在他们的身上蕴藏着巨大的能量，对生命的渴望，乐观的精神等。而且病中的他们，非常体谅家人，家人对患者隐瞒病情其实是想骗他，希望借此帮助患者度过难关。但患者也在骗家人，他也装得好像什么都不知道。其实，后来他所有的表现都证明，他什么都知道，只是他不愿意打扰家人的生活。

王立群：很多健康的人，没有

意识到自己很健康，这本身就已经是非常幸运的一件事情了。实际上，生活中很多人，都有各种各样的不幸，特别是一些患病的病人。作为一个强者，心理强大很重要，这使人能够坦然面对疾病，面对那些非常恶劣的疾病。这位选手的经历，非常感人。衷心希望这位选手能够尽快康复！希望更多幸运的人，珍惜自己当前的幸福！

董卿：珍爱我们的身体，也拥有更好的生活，也祝福我们各位选手。我知道很多人都想发言，可是我们没有那么多的时间，我也不知道点了谁。

选手：我的激动和大家不一样，我原来也准备了一些词，想说我自己，但现在我不想说我自己了。

董卿：你知道她的经历？

选手：对，我从第一天跟她住在一起，就深深被她感动着。当她告诉我她是癌症患者的时候，医生告诉她，最多还有五年的生命，我震撼了，尤其是看到她的身体，我真的震撼了！作为一个女人我震撼了！我想，假如我是她这个样子，我还怎么活下去？可是，她在我面前的表现，快乐地唱，快乐地笑。她跟家人打电话，报的永远是平安，永远是快乐；跟女儿说话的时候，告诉女儿：这里的人都是学识很高的人，都是一些非常有学问的人，你要来学习，要像我一样，一起来。这种意志，这种良好的品德，因为你善良，你纯真，你快乐，追求美好的生活，苍天一定会保佑你！她是一个地地道道的农民，不像我们上过大学，甚至是硕士、博士、留学生。她作为十六岁辍学的一位诗词达人，深深地影响着我。九宫格我们都不熟练，她失望地哭了——为什么这种题做不了？我说明霞这不怪你，你没有接触过这个东西。她来参赛的时候，手机都是向亲戚借的，是很小触屏的那种手机。她的婚姻也是失败的，一个人带着女儿过了这么多年。我觉得她过得非常辛苦，还得了这种病。可是她的快乐，她对人生执着的追求，促使我把她的心事统统告诉大家，让每一个人都能从她身上获得真正的正能量，激励我们向前进。明霞加油！

董卿：明霞，女儿读几年级？成绩怎么样？你对她的期望是什么？

选手：我期望她能上完高中之后，继续读大学。本来她要跟我一起来，但学校没放假，如果说谎，假肯定能请下来，但不能那样做。如果我能坚持到第二季，我肯定希望她能坐在这里。

董卿：我们考虑是否可以安排在假期。作为母亲，你希望她有一条平坦的人生道路。人这一生总会遇到各种挫折和苦难，作为母亲，你给她上了最好的一堂人生课。

"大江东去，浪淘尽，千古风流人物"，苏轼的"大江东去"，称得上是伟大的千古绝唱，在诗人的笔下，历史是这般的浪漫雄奇，人生是如此的荡气回肠。每当我们吟诵"大江东去"，就实现了与诗人遥隔千年的仰望。

黄鹤楼送孟浩然之广陵

李白

故人西辞黄鹤楼，烟花三月下扬州。孤帆远影碧空尽，惟见长江天际流。

嘉宾解读

诗句出自李白的《黄鹤楼送孟浩然之广陵》。唐玄宗开元十五年（727），二十七岁的李白东游归来，至湖北安陆，"酒隐安陆，蹉跎十年"，期间很多时候以诗酒会友，在外游历。也就是寓居安陆期间，李白结识了长他十二岁的孟浩然。孟浩然对李白非常赞赏，两人很快成了挚友。开元十八年（730）三月，李白得知孟浩然要去广陵（今江苏扬州），便托人带信，约孟浩然在江夏（今湖北武汉武昌区）相会。几天后，孟浩然乘船东下，李白亲自送到江边。送别时写下了这首诗。（康震）

答案

烟	花	三	月	下	扬	州

赠汪伦

李白

李白乘舟将欲行，忽闻岸上踏歌声。桃花潭水深千尺，不及汪伦送我情。

嘉宾解读

诗句出自李白的《赠汪伦》。这桃花潭我去过，水不是太深，人跳进去也就到胸部。李白这个人写诗很夸张，为什么夸张？就是想突出他跟汪伦的感情很好。汪伦，黟县人，曾任泾县县令。卸任后，由于留恋桃花潭，特将其家由黟县迁往了泾县。唐天宝年间，汪伦听说大诗人李白旅居南陵其叔父李阳冰家，便写信邀请李白到家中做客。信上说："先生好游乎？此处有十里桃花。先生好饮乎？此处有万家酒店。"李白素好饮酒，又闻有如此美景，欣然应邀而至，却未见信中所言盛景。汪伦盛情款待，搬出用桃花潭水酿成的美酒与李白同饮，并笑着告诉李白："桃花者，十里外潭水名也，并无十里桃花。万家者，开酒店的主人姓万，并非有万家酒店。"李白听后大笑不止，并不以为被愚弄，反而被汪伦的盛情所感动。适逢春风桃李花开日，群山无处不飞红，加之潭水深碧，清澈晶莹，翠峦倒映，汪伦留李白连住数日，每日以美酒相待，别时李白送汪伦名马八匹、官锦十端。一匹马一万钱不算多，八匹多少钱？八万。如果再加上十匹官锦，就算一匹官锦一千钱，十匹下来也

有一万。你看李白多豪爽！"天生我材必有用，千金散尽还复来"嘛！
（康震）

我再说一个例子。柳宗元的《小石潭记》是一篇文字精美、情景交融的山水游记。全文193字，用移步换景、特写、变焦等手法，有形、有声、有色地刻画出小石潭的动态美，写出了小石潭环境景物的幽美和静穆。其实真到永州去，你根本就找不到小石潭在哪里。也许当时柳宗元写《小石潭记》的时候，小石潭可能就是很小的一汪水，因他写了这篇著名的散文，小石潭就名声大震了。所以，很多文学作品中描写的名胜，如果真去考察一番的话，有时你会很失望的。
（王立群）

🌸 **答案** 🌸

桃	花	潭	水	深	千	尺

无题二首·其一

李商隐

昨夜星辰昨夜风，画楼西畔桂堂东。身无彩凤双飞翼，心有灵犀一点通。隔座送钩春酒暖，分曹射覆蜡灯红。嗟余听鼓应官去，走马兰台类转蓬。

🌸 嘉宾解读 🌸

诗句出自李商隐的《无题二首·其一》。这是一首恋情诗，诗人追忆昨夜参与的一次贵家后堂之宴，表达了与意中人席间相遇、旋成间阻的怀想和惆怅。但对这首诗的理解和看法历来众说纷纭，有人说是君臣遇合之作，有人说是窥贵家姬妾之作，还有人说是追想京华游宴之作……但羁宦思乐境也好，觊觎貌美女郎也罢，诗中所表达的可望而不可即的嗟然心态，力透纸背，那些寻常或普通的意象，被有规律地置放在短短八句五十六字当中，表现了一种追寻的热切和悲哀的失落。（康震）

🌸 答案 🌸

心	有	灵	犀	一	点	通

十	人	凋	来
稀	使	生	听
朱	颜	古	七

70

上	此	霓	曲
羽	裳	惊	天
只	破	有	应

71

马	上	佳	无
每	思	逢	节
倍	纸	相	亲

72

不	天	目	愁
君	识	下	真
山	谁	面	庐

73

曲江二首·其二

杜甫

朝回日日典春衣，每日江头尽醉归。酒债寻常行处有，人生七十古来稀。穿花蛱蝶深深见，点水蜻蜓款款飞。传语风光共流转，暂时相赏莫相违。

嘉宾解读

诗句出自杜甫的《曲江二首·其二》。"人生七十古来稀"，我们现场观众当中年纪最大的老白，今年五十五。现场还真有一位"人生七十古来稀"的人，你们知道是谁吗？他就是王立群老师。看不出来，王老师真的是非常年轻，神采奕奕。在知道了您的年龄之后，我就特别感动，因为录制节目特别辛苦，经常到深夜甚至后半夜，还要做第二天的准备工作。可是我们没有看到王老师有任何的倦怠和懈怠，所以是不是把掌声送给王立群老师！这句诗的上一句是"酒债寻常行处有"。（董卿）

我从二十岁教书，到今年教了50年书，其中有14年是从事基础教育。从小学一年级开始教起，教了七年小学。然后教了三年的初中。又教了四年的高中。我是以高中毕业生的同等学历，跨过大学本科四年，直接考上研究生的。研究生毕业以后留校，教过大专、本科、硕士、博士、博士后。我从小学一年级到博士后，整个给捋了一遍，这是特殊年代造成的。（王立群）

太了不起了，真是桃李满天下！而且您看您教的学生有小学生，也有博士后。（董卿）

我的学生年龄比较大了，当时比我就小六七岁，现在他们也六十多了。（王立群）

这是您的教学史，也是个人的成长史、奋斗史。个人的人生经历，相信其中一定会有很多感人的教学故事，应该有很多学生是听着您的教诲长大的，我觉得这是当老师最幸福的地方。（董卿）

我的年龄与王老师没法比，教学的时间也没有那么长，但的确，人世间很大的幸福，就是看着一个个年轻人，从什么都不太懂，到最后慢慢成长为一个很成熟的人，成为一个真正的知识分子。你看着他成长，自己也在成长，虽非常辛苦，但也很幸福，很充实。（康震）

答案

| 人 | 生 | 七 | 十 | 古 | 来 | 稀 |

赠花卿

杜甫

锦城丝管日纷纷，半入江风半入云。此曲只应天上有，人间能得几回闻？

嘉宾解读

诗句出自杜甫的《赠花卿》。花卿是指成都尹崔光远的部将花敬定，曾平定段子璋之乱。此诗约作于唐肃宗上元二年（761）。花敬定因平叛立功，居功自傲，骄恣不法，放纵士卒大掠东蜀；又目无朝廷，僭用天子音乐。杜甫赠此诗，予以委婉的讽刺。全诗四句，前两句对乐曲作具体形象的描绘，是实写；后两句以天上的仙乐相夸，是遐想。因实而虚，虚实相生，将乐曲的美妙赞誉到了极度。但诗的弦外之音是意味深长的,这可以从"天上"和"人间"两词看出端倪。"天上",实际上指天子所居皇宫;"人间",指皇宫之外,这是封建社会极常用的双关语。说乐曲属于"天上",且加"只应"一词限定,既然是"只应天上有",那么"人间"当然就不应"得闻"。不应"得闻"而竟然"得闻",不仅"几回闻",而且"日纷纷",于是,作者的讽刺之旨就从这种矛盾的对立中,既含蓄婉转又确切有力地显现出来了。(王立群)

答案

此	曲	只	应	天	上	有

九月九日忆山东兄弟

王维

独在异乡为异客,每逢佳节倍思亲。遥知兄弟登高处,遍插茱萸少一人。

嘉宾解读

诗句出自王维的《九月九日忆山东兄弟》。这首诗流传得很广,其中非常值得我们关注的地方,是诗中所表达的思乡之情,对家乡亲人的思念之情。这个首句写得很特别,"独在异乡为异客",特别提醒他是自己一个人,异乡异客。这里边透露出来一个什么意思呢?中国人经常爱说的一句话:家乡在哪?其实家和乡有很大的区别。家是什么?家是你到了一个地方,有那么一套房子是属于你自己的,甚至你租一个房子,就可以建一个"家"。比如说你家在京城,但并不代表你的"乡"就在京城。所以虽然王维在京城长安有了家,但他仍感到是异乡异客。家乡,是指自己小时候生长的地方,又被称为"故乡""老家""故园"等。古往今来，家乡一直是文人骚客们谈论的亘古不变的话题，树高千尺，落叶归根，故乡之思，永远都是游子的至诚抒怀。在他们看来，家乡是他们心灵的依靠、感情的寄托。家乡是缕阳光，冷寂时可以寻得温暖；家乡是个港湾，孤单时可以停泊靠岸。他们借诗言志，表达自己对家乡的思恋。由此便衍生出了无数千古动人的诗章，在汩汩流淌的华夏文化长河中，卷起层层浪波。此诗是王维十七岁时的作品，当时独自一人漂泊在洛阳与长安之间。他是蒲州（今山西永济）人，蒲州在华山东面，所以称故乡的兄弟为山东兄弟。九月九日是重阳节，中国有些地方有登高的习俗。登高时佩带茱萸囊，据说可以避灾。茱萸，又名越椒，是一种有香气的植物。写这首诗时，王维正在长安谋取功名。繁华的帝都对当时热衷仕进的年轻士子虽有很大吸引力，但对一个少年游子来说，毕竟是举目无亲的"异乡"；而且越是繁华热闹，在茫茫人海中的游子，就越显得孤子无亲。第一句用了一个"独"字，两个"异"字，分量下得很足。对亲人的思念，对自己孤子处境的感受，都凝聚在这个"独"字里面。"异乡为异客"，不过说他乡作客，但两个"异"字所造成的艺术效果，却比一般地叙说他乡作客要强烈得多。这首抒情小诗，虽写得非常朴素，但千百年来，人们在作客他乡的情况下读这首诗，都能强烈地感受到了它的力量。

（王立群）

答案

每	逢	佳	节	倍	思	亲

题西林壁

苏轼

横看成岭侧成峰，远近高低各不同。不识庐山真面目，只缘身在此山中。

🌿 **答案** 🌿

不	识	庐	山	真	面	目

去	一	不	鹤
飞	黄	昔	返
人	尚	乘	已

74

清	城	动	城
明	花	京	开
节	纷	时	纷

75

江	日	胜	关
风	出	花	火
红	乡	何	暮

76

为	嫁	得	伊
消	古	憔	衣
人	悴	作	他

77

黄鹤楼

崔颢

昔人已乘黄鹤去，此地空余黄鹤楼。黄鹤一去不复返，白云千载空悠悠。晴川历历汉阳树，芳草萋萋鹦鹉洲。日暮乡关何处是？烟波江上使人愁。

个共同特点，就是古人留下来的题咏特别多。如果没有这些古代文人的著名题咏，三大名楼就不能称其为名楼了。这就说明一个道理，真正的文化遗迹，那些优秀的文化遗迹，其实都是无数文人用自己的诗词赞美、装扮的，是历代文人雅士留下来的许许多多的名篇，才成就了一个又一个名胜古迹。如果名胜古迹离开了文人雅士的题咏，就名不符实了。（王立群）

嘉宾解读

诗句出自崔颢的《黄鹤楼》。题目涉及到江南的三大名楼黄鹤楼、岳阳楼、滕王阁。这三座名楼有一

答案

昔	人	已	乘	黄	鹤	去

嘉宾解读

诗句出自刘禹锡的《赏牡丹》。此诗描绘了唐朝特有的观赏牡丹的

习俗，诗以芍药的"妖无格"和芙蕖的"净少情"，衬托牡丹之高贵和富于情韵之美，其中也蕴含了诗人心

赏牡丹

刘禹锡

庭前芍药妖无格，池上芙蕖净少情。唯有牡丹真国色，花开时节动京城。

中的理想人格精神。全诗用对比和抑彼扬此的艺术手法，肯定了牡丹"真国色"的花界地位，真实地写出了当年牡丹盛开时节，引起京城轰动的巨大效应。（康震）

答案

花	开	时	节	动	京	城

忆江南·江南好

白居易

江南好，风景旧曾谙。日出江花红胜火，春来江水绿如蓝。能不忆江南？

嘉宾解读

诗句出自白居易的《忆江南·江南好》。诗写的是杭州，白居易做过杭州刺史，并修筑了白堤。白居易这

个人，现在我们感觉没有李白、杜甫的名气大，但在唐代的时候，白居易在海外的影响比李白、杜甫要大得多，尤其是在诗歌创作方面。宋代的苏轼，就特别仰慕他。按理说，从诗文风格上讲，苏轼应该喜欢李白，但他偏偏喜欢白居易。苏轼的诗词创作，没有那么多奔放、艰难和苦难，有的是对生活的享受。这点像王维。（康震）

北宋初年，在诗歌创作上"白体"很流行，影响波及海外，包括日

本。当时在日本列岛，最受推崇的唐代诗人，不是李、杜，而是白居易。

（王立群）

蝶恋花·伫倚危楼风细细

柳永

伫倚危楼风细细。望极春愁，黯黯生天际。草色烟光残照里。无言谁会凭阑意？　拟把疏狂图一醉。对酒当歌，强乐还无味。衣带渐宽终不悔，为伊消得人憔悴。

嘉宾解读

词句出自柳永的《蝶恋花·伫倚危楼风细细》。这是一首怀人之作。词人把漂泊异乡的落魄感受，同怀念意中人的缠绵情思结合在一起，采用"曲径通幽"的表现方式，抒情写景，感情真挚。词人对待"春愁""终不悔"的果决态度是为什么？是"为伊"，这就一语道破春愁难遣、为春愁憔悴无悔的隐秘：为了她——那"盈盈仙子"的坚贞情爱，我也值得憔悴、瘦损，以生命相托！语直情切，挟带着市民式的激情，真可谓荡气回肠！全词成功地刻画出一个志诚男子的形象，心理描写充分细腻，尤其是词的最后两句，直抒胸臆，画龙点睛般地揭示出主人公的精神境界，被王国维称为"专作情语而绝妙者"。（康震）

王国维将这首词应用于古典诗词的理解上，认为作者创作的时候要表达的是一种意思，读者理解的时候往往会赋予另一种意思。所以读者在阅读古诗词的时候，其实是一种二次创作。你可以赋予作品一种新的意义，这个意义可能是作者在创作的时候没有展开，但在读的时候，可以赋予他新的意义。这样读古诗词，就不仅仅是一个记诵、理解的过程，还是一个践行、赋予新意的过程。这就需要把学习古诗词与当今的社会生活实际联系在一起。（王立群）

答案

| 为 | 伊 | 消 | 得 | 人 | 憔 | 悴 |

两	是	声	时
情	岸	住	啼
长	猿	久	若

78

独	鬓	音	乡
在	无	毛	为
异	改	异	客

79

浊	潦	一	杯
酒	落	家	长
万	倒	新	里

80

一	枝	出	意
红	来	闹	春
梅	杏	头	风

81

鹊桥仙·纤云弄巧

秦观

纤云弄巧，飞星传恨，银汉迢迢暗度。金风玉露一相逢，便胜却人间无数。　柔情似水，佳期如梦，忍顾鹊桥归路。两情若是久长时，又岂在朝朝暮暮？

答案

两	情	若	是	久	长	时

九月九日忆山东兄弟

王维

独在异乡为异客，每逢佳节倍思亲。遥知兄弟登高处，遍插茱萸少一人。

答案

独	在	异	乡	为	异	客

渔家傲·秋思

范仲淹

塞下秋来风景异，衡阳雁去无留意。四面边声连角起，千嶂里，长烟落日孤城闭。　浊酒一杯家万里，燕然未勒归无计。羌管悠悠霜满地，人不寐，将军白发征夫泪。

嘉宾解读

词句出自范仲淹的《渔家傲·秋思》，为范仲淹著名的一首词。范仲淹作为一个文人无人不知、无人不晓，但作为一个军事长官却是很多人不知道、不太了解的。范仲淹生活的那个时代，北宋面临着来自两个方面的威胁：北方是契丹族建立的辽，西北方是党项人建立的西夏。就在范仲淹任职期间，1038年，党项人元昊建立了西夏政权。范仲淹就在这个时候，和另一个大臣韩琦被派到西北主持边防事务，并在完善北宋的西北军事防务方面做出了很大的贡献。因为他实实在在地经历过边地军事战争，很了解戍边将士的辛苦，所以《渔家傲·秋思》才写得这么漂亮。这与他从军生涯的经历密不可分。（王立群）

答案

浊	酒	一	杯	家	万	里

嘉宾解读

词句出自宋祁的《玉楼春·春景》。词上片从游湖写起，讴歌春色，描绘出一幅生机勃勃、色彩鲜

玉楼春·春景

宋祁

东城渐觉风光好，縠皱波纹迎客棹。绿杨烟外晓寒轻，红杏枝头春意闹。　　浮生长恨欢娱少，肯爱千金轻一笑？为君持酒劝斜阳，且向花间留晚照。

明的早春图。下片则一反上片的明艳色彩、健朗意境，言人生如梦，虚无缥缈，匆匆即逝，因而应及时行乐，反映出"浮生若梦，为欢几何"的消极思想。作者宋祁也因词中"红杏枝头春意闹"一句而名扬词坛，被世人称作"红杏尚书"。（康震）

答案

红	杏	枝	头	春	意	闹

玉	谁	泥	笛
新	家	飞	燕
无	声	啄	春

82

尖	映	日	才
荷	花	角	露
别	尖	小	红

83

春	风	江	先
鸭	绿	蓝	水
得	来	暖	知

84

云	炙	百	里
月	八	和	麾
路	明	千	分

85

钱塘湖春行

白居易

孤山寺北贾亭西，水面初平云脚低。几处早莺争暖树，谁家新燕啄春泥？乱花渐欲迷人眼，浅草才能没马蹄。最爱湖东行不足，绿杨阴里白沙堤。

嘉宾解读

诗句出自白居易的《钱塘湖春行》。这首诗不但描绘了西湖旖旎

骀荡的春光，以及世间万物在春色沐浴下的勃勃生机，而且将诗人陶醉在这良辰美景中的心态和盘托出，使人在欣赏西湖醉人风光的同时，也在不知不觉中深深地被作者那对春天、对生命的满腔热情所感染和打动了。这里的"新燕"很容易出错，很多学生往往把"新燕"写成"春燕"。（王立群）

答案

谁	家	新	燕	啄	春	泥

小池

杨万里

泉眼无声惜细流，树阴照水爱晴柔。小荷才露尖尖角，早有蜻蜓立上头。

答案

小	荷	才	露	尖	尖	角

惠崇春江晚景二首·其一

苏轼

竹外桃花三两枝,春江水暖鸭先知。蒌蒿满地芦芽短,正是河豚欲上时。

嘉宾解读

诗句出自苏轼的《惠崇春江晚景二首·其一》。大师就是不一样,看到这首诗,就想起杜甫"便从襄阳下洛阳"一共连了好几个地名,你看苏轼这首诗,里头出现了好几种动物和植物,有竹子、鸭子、蒌蒿,还有河豚等,错落有致,竹外的桃花、蒌蒿满地芦芽短。诗人先从身边写起:初春,大地复苏,竹林已被新叶染成一片嫩绿,更引人注目的是桃树上也已绽开了三两枝早开的桃花,色彩鲜明,向人们报告春的信息。接着,诗人的视线由江边转到江中,那在岸边期待了整整一个冬季的鸭群,早已按捺不住,抢着下水嬉戏了。诗人又由江中写到江岸,更细致地观察描写初春景象:由于得到了春江水的滋润,满地的蒌蒿长出了新枝,芦芽儿吐尖了。这一切无不显示了春天的活力,惹人怜爱。诗人进而联想到,这正是河豚肥美上市的时节,引人更广阔地遐想。全诗洋溢着一股浓郁而清新的生活气息。(康震)

答案

| 春 | 江 | 水 | 暖 | 鸭 | 先 | 知 |

嘉宾解读

词句出自岳飞的《满江红·写怀》。关于此词的创作时间,历来有如下几种说法:第一种说法认为

满江红·写怀

岳飞

怒发冲冠，凭栏处、潇潇雨歇。抬望眼、仰天长啸，壮怀激烈。三十功名尘与土，八千里路云和月。莫等闲、白了少年头，空悲切。　靖康耻，犹未雪；臣子恨，何时灭！驾长车，踏破贺兰山缺。壮志饥餐胡虏肉，笑谈渴饮匈奴血。待从头、收拾旧山河，朝天阙。

是岳飞第一次北伐，即岳飞三十岁出头时所作。如邓广铭先生就持此说。第二种说法认为是1136年（绍兴六年）。这年，岳飞第二次出师北伐，攻占了洛阳、商州和虢州，继而围攻陈、蔡地区。但岳飞很快发现自己已是孤军深入，既无援兵，又无粮草，不得不撤回鄂州（今湖北武昌）。此次北伐，岳飞壮志未酬，

镇守鄂州时，写下了这首千古绝唱的名词《满江红》。第三种说法认为《满江红》创作的具体时间，应该是在岳飞入狱前不久。词中有多处可以用来证明这一观点。"三十功名尘与土，八千里路云和月"这两句，历来是考证《满江红》作者问题最为关键的内容。第四种说法认为《满江红》的作者根本就不是岳飞，因为词里头的一些词句，与南宋当时的实际史实有矛盾。其实这些都无关紧要，最重要的是要看这首诗所洋溢着的那种临危不惧，面对国破家亡的危机关头，诗人所显示出的义无反顾的决绝决心。这首词，代表了岳飞"精忠报国"的英雄之志，表现出一种浩然正气的英雄气质和报国立功的信心以及乐观主义精神。"壮志饥餐胡虏肉，笑谈渴饮匈奴血"，"待从头、收拾旧山河"，把收复山河的宏愿，把艰苦的征战，以一种乐观主义精神表现了出来。读了这首词，使人体会，只有

胸怀大志、思想高尚的人，才能写出这样感人的词句。在岳飞的这首词中，词里句中无不透出雄壮之气，充分表现了作者忧国报国的壮志胸怀。这首词是中华民族历史上最具盛名的表现民族气节和奋斗精神的杰作。宋代以来，每到民族危亡之际，岳飞此词，都能激励起中华民族的爱国心。抗战期间，这首词以其低沉而雄壮的歌音，感染了中华儿女，奋起投入挽救民族危亡的抗战洪流中。（康震）

正是因为岳飞巨大的人格魅力，后世才在各地建庙纪念他。如河南汤阴的岳飞庙、开封的岳飞庙以及浙江杭州西湖的岳飞庙等。历代文人雅士、志士仁人在岳飞庙中留下了众多的纪念题刻。这些都给后人留下了巨大的精神财富。（王立群）

答案

八	千	里	路	云	和	月

不	发	狂	愁
老	少	味	哀
滋	夫	识	年

86

敲	桃	落	棋
闲	流	鱼	去
花	也	春	水

87

风	昨	来	夜
塞	下	凋	景
碧	异	西	树

88

两	长	计	此
情	可	若	是
除	久	无	消

89

千	一	里	广
江	安	陵	万
得	间	厦	日

90

芳	萋	舟	涯
鹉	处	天	鹦
何	草	萋	无

91

丑奴儿·书博山道中壁

辛弃疾

少年不识愁滋味,爱上层楼。爱上层楼,为赋新词强说愁。　　而今识尽愁滋味,欲说还休。欲说还休,却道天凉好个秋。

答案

少	年	不	识	愁	滋	味

嘉宾解读

词句出自李煜的《浪淘沙·帘外雨潺潺》。李煜的词,前面曾介绍过。他虽然是一个亡国之君,却是艺术上的一朵奇葩。他把生活和政治中的痛,酿成了艺术上的美,但这种美却是同时带着喜和泪的。他在艺术上的造诣确实很高,"梦里不知身是客",觉得挺美,醒来以后,却是无限梦想付敌手,用寻常话语,传递出了不寻常的信息。(康震)

《浪淘沙》,原为唐教坊曲,又名《浪淘沙令》《卖花声》等。唐人多用七言绝句入曲,五代南唐李煜

浪淘沙·帘外雨潺潺

李煜

帘外雨潺潺，春意阑珊。罗衾不耐五更寒。梦里不知身是客，一晌贪欢。　独自莫凭阑，无限江山。别时容易见时难。流水落花春去也，天上人间。

始演为长短句，双调，五十四字（宋人有稍作增减者），平韵，此调又由柳永、周邦彦演为长调《浪淘沙慢》。（蒙曼）

答案

流	水	落	花	春	去	也

蝶恋花·槛菊愁烟兰泣露

晏殊

槛菊愁烟兰泣露。罗幕轻寒，燕子双飞去。明月不谙离恨苦，斜光到晓穿朱户。　昨夜西风凋碧树。独上高楼，望尽天涯路。欲寄彩笺兼尺素，山长水阔知何处？

答案

昨	夜	西	风	凋	碧	树

一剪梅·红藕香残玉簟秋

李清照

红藕香残玉簟秋。轻解罗裳，独上兰舟。云中谁寄锦书来？雁字回时，月满西楼。　花自飘零水自流。一种相思，两处闲愁。此情无计可消除，才下眉头，却上心头。

嘉宾解读

词句出自李清照的《一剪梅·红藕香残玉簟秋》。李清照是千古才女，这是一首工巧的别情词作。李清照和赵明诚婚后，夫妻感情非常好，家庭生活充满了学术和艺术气氛，十分美满。所以，两人一经离别，两地相思，这是不难理解的。特别是李清照对赵明诚更为仰慕钟情，这在她的许多词作中都有所流露。这首词就是作者以灵巧之笔，抒写她如胶似漆的思夫之情的，反映出初婚少妇沉溺在情海之中的纯洁心灵。这种题材，在宋词中为数不少，若处理不好，必落俗套。然而，李清照这首词在艺术构思和表现手法上都有自己的特色，因而富有艺术感染力，仍不失为一篇杰作。其特点是：一、词中所表现的爱情是旖旎的、纯洁的、心心相印的。二、作者大胆地讴歌自己的爱情，毫不扭捏，磊落大方。三、语言明白如话，多用如"轻解罗裳，独上兰舟""一种相思，两处闲愁""才下眉头，却上心头"等偶句，读之朗朗上口，声韵和谐。（康震）

答案

此	情	无	计	可	消	除

茅屋为秋风所破歌

杜甫

八月秋高风怒号，卷我屋上三重茅。茅飞渡江洒江郊，高者挂罥长林梢，下者飘转沉塘坳。南村群童欺我老无力，忍能对面为盗贼，公然抱茅入竹去。唇焦口燥呼不得，归来倚杖自叹息。俄顷风定云墨色，秋天漠漠向昏黑。布衾多年冷似铁，娇儿恶卧踏里裂。床头屋漏无干处，雨脚如麻未断绝。自经丧乱少睡眠，长夜沾湿何由彻？安得广厦千万间，大庇天下寒士俱欢颜，风雨不动安如山！呜呼！何时眼前突兀见此屋，吾庐独破受冻死亦足！

嘉宾解读

诗句出自杜甫的《茅屋为秋风所破歌》。这是杜甫很著名的代表作，全诗叙述作者的茅屋被秋风所破以致全家遭雨淋的痛苦经历，抒发了自己内心的感慨，体现了诗人忧国忧民的崇高思想境界，是杜诗中的典范之作。全篇可分为四段，第一段写面对狂风破屋的焦虑；第二段写面对群童抱茅的无奈；第三段写遭受夜雨的痛苦；第四段写期盼广厦，将苦难加以升华。前三段是写实式的叙事，诉述自家之苦，情绪含蓄压抑；后一段是理想的升华，直抒忧民之情，情绪激越轩昂。（康震）

像宋朝的知识分子。（蒙曼）

像生活在唐朝的宋代人。宋代的知识分子大都以天下为己任，如苏轼在《王定国诗集叙》中所说"古今诗人众矣，而杜子美为首，岂非以其流落饥寒，终身不用，而一饭未尝忘君也欤"。宋代知识分子大力提倡自杜诗以来一脉相承的"发于性止于忠孝"的传统。（康震）

91

答案

安	得	广	厦	千	万	间

蝶恋花·春景

苏轼

花褪残红青杏小。燕子飞时，绿水人家绕。枝上柳绵吹又少。天涯何处无芳草！　墙里秋千墙外道。墙外行人，墙里佳人笑。笑渐不闻声渐悄，多情却被无情恼。

答案

天	涯	何	处	无	芳	草

110

请说出诗词的上一句

92.请听题:"报得三春晖",请说出上一句?

游子吟

孟郊

慈母手中线,游子身上衣。
临行密密缝,意恐迟迟归。谁言
寸草心,报得三春晖?

🌿 嘉宾解读 🌿

这首诗大家都非常熟悉,但熟悉的诗往往你可能并不了解它背后的故事。"谁言寸草心,报得三春晖"?大家一般都会认为是年轻人写给母亲的。其实这是孟郊在四十六岁时写的。他考进士总考不中,考中的时候已经四十六岁了。考中进士后,他得了一个很小的官叫县尉,自己虽并不满意,但为了母亲,还是去上任了,并把母亲接

来孝顺。四十六岁的人写出这样的诗,读后的确感觉到母爱如春光一样照在我们身上。我们必须佩服诗人的才华,并佩服诗人对母亲的孝顺。其实,他这个人做官很不安心,他任职的溧阳县郊区有一片水,就相当于现在的湿地一样,他上班的时候老到那里徘徊作诗,就耽误了很多公务,县令特别着急,就找了个人代他的班,俸禄当然也就被他两人私下分了。没有了生活来源,孟郊的生活就比较穷困潦倒。苏轼说郊寒岛瘦,原因可能也就在这里。(康震)

而且我觉得正因为孟郊一生贫困,常年颠沛流离,所以更能够感受到亲情母爱的珍贵。(董卿)

93.请听题:"对影成三人",请说出上一句?

🌿 嘉宾解读 🌿

老师我想请教一下,中国的诗

月下独酌四首·其一

李白

花间一壶酒，独酌无相亲。举杯邀明月，对影成三人。月既不解饮，影徒随我身。暂伴月将影，行乐须及春。我歌月徘徊，我舞影零乱。醒时同交欢，醉后各分散。永结无情游，相期邈云汉。

识"，请说出上一句？

琵琶行（节选）

白居易

我闻琵琶已叹息，又闻此语重唧唧。同是天涯沦落人，相逢何必曾相识！

95.请听题："二月春风似剪刀"，请说出上一句？

咏柳

贺知章

碧玉妆成一树高，万条垂下绿丝绦。不知细叶谁裁出，二月春风似剪刀。

词可以用方言来读吗？（选手）

这倒是法律上没有严格规定，只要你喜欢，用什么样的方言去读都可以。因为诗本来就是抒发性情的，只是别把人家的句子读错就可以了。（康震）

吟诵本来就有不同的版本，咱们北京的吟诵调和浙江、广东的吟诵调有特别大的差别。（蒙曼）

94.请听题："相逢何必曾相

嘉宾解读

该诗是盛唐诗人贺知章写的一

首七言绝句，是一首咏物诗。诗的前两句连用两个新美的喻象，描绘春柳的勃勃生机，葱翠袅娜；后两句更别出心裁地把春风比喻为"剪刀"，将视之无形、不可捉摸的"春风"形象地表现了出来，不仅立意新奇，而且饱含韵味。柳树就像一位经过梳妆打扮的亭亭玉立的美女。柳，单单用碧玉来比有两层意思：一是碧玉这名字和柳的颜色有关，"碧"和下句的"绿"是互相生发、互为补充的。二是碧玉这个词在人们头脑中永远留下年轻的印象。"碧玉"二字用典而不露痕迹，南朝乐府有《碧玉歌》，其中"碧玉破瓜时"已成名句。还有南朝萧绎《采莲赋》有"碧玉小家女"，也很有名，后来形成"小家碧玉"这个成语。诗中把比喻和设问结合起来，用拟人手法刻画春天的美好和大自然的工巧，新颖别致，把春风孕育万物，形象地表现出来了，烘托出无限的美感。

（康震）

96.请听题："心有灵犀一点通"，请说出上一句？

无题二首·其一（节选）
李商隐

昨夜星辰昨夜风，画楼西畔桂堂东。身无彩凤双飞翼，心有灵犀一点通。

嘉宾解读

无题诗是李商隐创的，是描写爱情的典范。需要说明的是，虽然所有的无题诗都是在写爱情，但并不意味着每一首都是写的李商隐自己的爱情经历，每天都在谈恋爱。无题诗的诗意很难解，比如这首诗，"身无彩凤双飞翼，心有灵犀一点通"，在美丽的房子里举行宴会，不可能像彩凤那样比翼双飞，只能以心灵沟通。这里描写的是一种可遇不可求的感觉：可能是一次具体的

113

恋爱，可能也指的是机遇，包括官场的机遇，可能指的是君臣之间，也可能指朋友之间，总之无题写的是一种非常难解的人生困惑，我觉得这是比较准确的一种解读。大家都在说他到底说了什么，古时候人说诗无达诂，解诗是没有准确答案的，有一千个读者就可能有一千个哈姆雷特，所以我们应该从这个方式去解读无题诗，他以诗的方式承载了人生的难题。（康震）

其实，就与"春蚕到死丝方尽，蜡炬成灰泪始干"一样，写的是什么已经不重要了，重要的是作者通过作品，抒发出的一种新境界。所以我想，中国的古诗词之所以能够流传到今天，也是因为这个道理。如果诗作只是局限于一时一地一人的话，就不可能感动一千年之后人的心灵。（蒙曼）

97.请听题："蜡炬成灰泪始干"，请说出上一句？

无题
李商隐

相见时难别亦难，东风无力百花残。春蚕到死丝方尽，蜡炬成灰泪始干。晓镜但愁云鬓改，夜吟应觉月光寒。蓬山此去无多路，青鸟殷勤为探看。

嘉宾解读

这诗现在一般认为是形容老师的，但李商隐写的时候，更多地把这首《无题》定义为情诗，正确答案是："春蚕到死丝方尽，蜡炬成灰泪始干。"特别喜欢李商隐的诗，有人说，李商隐的诗因为处于牛李党争时期，有很多事情他不能说，他的每首诗，很多时候给人以欲说还休的那种感觉。好的诗词，像是一面镜子，读者从中就能看到自己想看到的东西。所以李商隐的诗，就是一面适合很多人的镜子，能够让人们从中看到自己很多想看到的东西，美好也好，失落也罢；感慨也好，惆怅也罢。（选手）

诗词就是生活。这一首《无题》确实如选手所说，李商隐写了很多《无题》诗，大概有十五六首之多。也有后来学者总结说，七律无题诗格，就是从李商隐开始的，所以我读李商隐的无题诗就很感慨。古人写无题诗，有隐约不可明说的情感表达，为数众多的隐情诗，就是从他开始的。我猜想，李商隐的名字里有一个"隐"字，大概是冥冥中注定的。（郦波）

后人讲，"诗家都爱西昆好，只恨无人作郑笺"。大家都说西昆体太好了，实际上这一诗体的祖宗，就是李商隐。总得有人给诗作注释啊，但有谁能像郑玄那样有学问，像注经那样注诗？这没人。但我觉得

这首诗让我特别感慨的是"晓镜但愁云鬓改，夜吟应觉月光寒"，这就是中国古代的忠恕之道。"晓镜但愁云鬓改"，我早上起来一照镜子，天呐，我已经如此憔悴了！自己为爱情已经如此憔悴，这就是忠，尽己之为忠，也就是尽自己之力去爱了。后来一转又转到了对方：我想，你应该是在夜里苦苦地吟诗，感觉非常寒冷，这叫"恕"，推己之为恕。这诗里有很多让我们想象的东西。其实，中国的诗美好，就美好在此。（蒙曼）

98.请听题："天气晚来秋"，请说出上一句？

嘉宾解读

这是一首山水名诗，于诗情画意中寄托了诗人的高洁情怀和对理想的追求。首联写山居秋日薄暮之景，山雨初霁，幽静闲适，清新宜人。颔联写皓月当空，青松如盖，山泉清冽，流于石上，清幽明净的自然

115

山居秋暝

王维

空山新雨后，天气晚来秋。明月松间照，清泉石上流。竹喧归浣女，莲动下渔舟。随意春芳歇，王孙自可留。

美景。颈联写听到竹林喧声，看到莲叶分披，发现了浣女、渔舟。尾联写此景美好，是洁身自好的所在。全诗通过对山水的描绘寄慨言志，含蕴丰富，耐人寻味。"明月松间照，清泉石上流"，实乃千古佳句。住在山里头，王维跟我们现在一样，大城市已经没法生活了，"天气晚来秋"，只能到山里头呼吸一点新鲜空气了。（郦波）

怎么样才能有诗一样的生活？那先得把环境搞好了。《楚辞·招隐士》中说"王孙兮归来，山中兮不可以久留"，写了各种的鬼怪、山石。到王维这里就不一样了"空山新雨后，天气晚来秋。明月松间照，清泉石上流"，还有"竹喧归浣女，莲动下渔舟"，漂亮的姑娘生活在这里，连王孙都愿意留下来了，为什么非要到朝廷去做官呢？其实，《招隐士》是汉朝的作品。经历了南北朝之后，唐朝人和汉朝人的心境已经有所不同了，汉朝人在往前冲，唐朝人在王维的境界里冲了一阵子就返回来了，这就是儒家和道家结合在了一起，很有意思的。（蒙曼）

99.请听题："惟见长江天际流"，请说出上一句？

嘉宾解读

关于这首诗我插一句话：作为一个来自南京的学者，我说说古代扬州与南京的关系。在隋唐之前，扬州治所确实在南京，有人论证古代的扬州在南京时，举李白的这首诗就不对了。这首诗题目明确说是《黄鹤楼送孟浩然之广陵》，所以到这

黄鹤楼送孟浩然之广陵

李白

故人西辞黄鹤楼,烟花三月下扬州。孤帆远影碧空尽,惟见长江天际流。

凉州词

王翰

葡萄美酒夜光杯,欲饮琵琶马上催。醉卧沙场君莫笑,古来征战几人回?

个时候广陵就是现代的扬州了。隋之前,所谓扬州刺史,治所都在南京。唐之后,扬州确实是现代的扬州了。现在经常见有人为此打笔墨官司。(郦波)

100.请听题:"古来征战几人回",请说出上一句?

🌿 嘉宾解读 🌿

诗句出自王翰的《凉州词》。我还想说说丝绸之路,如"葡萄美酒夜光杯",就属于沿着丝绸之路而来的舶来品。其实这首诗的名字,也来自丝绸之路。为什么这样说呢?唐代开元年间,陇右节度使郭知运搜

集了一批西域的曲谱,进献给了唐玄宗。唐玄宗交给教坊翻成中原的曲谱,并配上新的歌词演唱,就以这些曲谱产生的地名为曲调名。后来许多诗人都喜欢"凉州词"这个曲调,为其填写新词,因此唐代许多诗人都写有《凉州词》,如王之涣、王翰、张籍等。从内容看,葡萄酒是当时西域的特产,夜光杯是西域所进,琵琶更是西域所产,这些无一不与西北边塞风情相关。诗渲染了出征前盛大华贵的酒筵以及战士们痛快豪饮的场面,表现了战士们将生死置之度外的旷达、奔放的思想感情。该诗慷慨悲壮,广为流传,被

明代王世贞推为唐代七绝的压卷之作。（蒙曼）

101.请听题："润物细无声"，请说出上一句？

春夜喜雨
杜甫

好雨知时节，当春乃发生。随风潜入夜，润物细无声。野径云俱黑，江船火独明。晓看红湿处，花重锦官城。

102.请听题："谁家新燕啄春泥"，请说出上一句？

❀ 嘉宾解读 ❀

白居易被贬官，在杭州任职三年，真给杭州办了很多好事儿。第一个好事儿是修白堤，开挖了很多水道，让水能够从西湖流到杭州城

钱塘湖春行
白居易

孤山寺北贾亭西，水面初平云脚低。几处早莺争暖树，谁家新燕啄春泥？乱花渐欲迷人眼，浅草才能没马蹄。最爱湖东行不足，绿杨阴里白沙堤。

里。最重要的好事，还是给杭州留下了十几首诗。当然还有词，就是《忆江南》："江南好，风景旧曾谙。日出江花红胜火，春来江水绿如蓝。能不忆江南？"所以，文人雅士和一个城市之间的关系，是一种能动的关系，杭州西湖为什么那么有名，就和众多文人雅士留下的大量赞美的诗句和活动足迹有关。武汉的东湖，比西湖还要浩渺，为何没有杭州的西湖有名气，原因也就在这

里。(蒙曼)

各地都有被称为西湖的湖泊，天下西湖三十六，唯独杭州的西湖最有名，原因也在这里。白居易在西湖修了白堤，苏东坡在西湖修了苏堤。(郦波)

国"，杜甫也有《江南逢李龟年》等。其实那个时候，诗和歌、诗和音乐是一体的。如果现在的诗人都能参与歌词创作的话，歌词肯定能提高非常多。(蒙曼)

103.请听题："天下谁人不识君"，请说出上一句？

别董大
高适

千里黄云白日曛，北风吹雁雪纷纷。莫愁前路无知己，天下谁人不识君？

104.请听题："飞入寻常百姓家"，请说出上一句？

乌衣巷
刘禹锡

朱雀桥边野草花，乌衣巷口夕阳斜。旧时王谢堂前燕，飞入寻常百姓家。

🌸 **嘉宾解读** 🌸

唐朝诗人与歌唱家和艺术家的关系都特别密切，这是高适别董大，之前还讲过王维与李龟年，《江上赠李龟年》的红豆，"红豆生南

🌸 **嘉宾解读** 🌸

董卿问我感触最深的是什么？我想从生活感触上说。(郦波)

因为你生活在南京？(董卿)

我经常从朱雀桥边走过，有时候心情一好，我就到那故居里去看

看。（郦波）

现在朱雀桥是什么样子？（董卿）

那地方开发成了旅游景点，面貌改变不大，这说明现代人对传统文化保护的重视。我很感慨，我们的城市化进程是很快的，但一个城市不仅仅是单体建筑的简单集合，不仅仅是高楼大厦、立交桥、高架桥，更是一股从远古吹向未来的心灵之风，是一个民族生存发展的记忆载体。每个时代都在城市建设中留下了自己的痕迹，而保存城市的记忆，保护历史的延续性，保留人类文明发展的脉络，是人类现代文明发展的需要。人就像一滴水，很容易被蒸发。但在传统里就不会被蒸发，而是汇入大河大海，这样你就会获得一种永恒和不朽。我们的城市化进程，高楼大厦修了很多，历史的遗迹、文化的遗迹也在飞快地消失。这些，城市的建设者得反思。（郦波）

我补充两句，刘禹锡的"旧时王谢堂前燕，飞入寻常百姓家"是史诗，是经典。因为这首诗最经典的，就是这两句话，就是"飞入寻常百姓家"。因为这两句话，揭示了中国古代非常重要的另外两句话"君子之泽，五世而斩；小人之泽，五世而斩"。王谢这两个大家族，到唐代都变成了寻常百姓之家，说明单纯依靠祖辈的辉煌，无法延续子孙后世的功业。子孙后世必须要付出自己的努力，否则你祖上即使是王、谢那样的世家大族也不行。（王立群）

105.请听题："随风直到夜郎西"，请说出上一句？

🌿 嘉宾解读 🌿

其实我特别喜欢这首诗，而且感觉情感非常流畅。"我寄愁心与明月，随风直到夜郎西"，最深的感情是最朴素的，这里几乎一个形容情感的词都没有，但你读起来就感觉，王昌龄人还没有到龙标，李白的心已经到了。他的心情蕴含着一种朴

> ### 闻王昌龄左迁龙标遥有此寄
> 李白
>
> 杨花落尽子规啼，闻道龙标过五溪。我寄愁心与明月，随风直到夜郎西。

素的表现力，没有用特别煽情的口吻和凝重的语气表达离别，是侃侃而谈。（选手）

你对李白诗的风格把握得比较准确。李白就是这样一个人，写出来像说白话一样，感情却很深，看起来毫无雕饰，但里面的情很深，而且是一般人很难达到的那种境界。即使你想学这个风格，也是很难学到的。如果你有写作古典诗词的经验，你会体会得更深。（王立群）

我也很喜欢这首诗，不是钦佩诗里流露出来的才情，而是同情王昌龄。他和李白为什么是知己？两个人的命运差不多，都是倒霉命，

都没有什么好运气。王昌龄比李白还倒霉，一辈子基本上都是在不停地被贬官，到最后也死得很惨。回老家的时候，路上为亳州刺史闾丘晓所忌恨，把他害死了。虽然王昌龄命运不济，但他有很多粉丝。他有一个铁杆粉丝叫张镐，最终找了个机会替他报了仇，杖杀了闾丘晓。

（郦波）

106.请听题："青山郭外斜"，请说出上一句？

> ### 过故人庄
> 孟浩然
>
> 故人具鸡黍，邀我至田家。绿树村边合，青山郭外斜。开轩面场圃，把酒话桑麻。待到重阳日，还来就菊花。

🌿 嘉宾解读 🌿

这是一首田园诗，是作者孟浩

然隐居鹿门山时，对去姓田的朋友家做客这件事的描写。既描写农家恬静闲适的生活情景，也写老朋友的情谊。通过写田园生活的风光，写出作者对这种生活的向往。诗由"邀"到"至"到"望"又到"约"一径写去，自然流畅，语言朴实无华，意境清新隽永。（郦波）

107.请听题："恨不相逢未嫁时"，请说出上一句？

节妇吟·寄东平李司空师道

张籍

君知妾有夫，赠妾双明珠。感君缠绵意，系在红罗襦。妾家高楼连苑起，良人执戟明光里。知君用心如日月，事夫誓拟同生死。还君明珠双泪垂，恨不相逢未嫁时。

🍃 **嘉宾解读** 🍃

这首诗很有名，诗中讲了一个非常重要的意思，就两个字"节制"。节制是很高的境界，人都有欲望，面对欲望的时候，懂得节制，往往是很难做到的。所以节制是人生很高的一个境界。这首诗表达的就是这么一个意思。（王立群）

这首诗是唐诗中的佳作，具有双层面的内涵，全诗以比兴手法，委婉地表明态度，语言上极富民歌风味，对人物刻画细腻传神。在文字层面上，描写了一位忠于丈夫的妻子，经过思想斗争后终于拒绝了一位多情男子的追求，守住了妇道；在喻义层面上，表达了作者忠于朝廷、不被藩镇高官拉拢、收买的决心。（康震）

108.请听题："还来就菊花"，请说出上一句？

🍃 **赛场花絮** 🍃

康震：昨天不就是重阳节？昨

过故人庄

孟浩然

故人具鸡黍,邀我至田家。绿树村边合,青山郭外斜。开轩面场圃,把酒话桑麻。待到重阳日,还来就菊花。

天晚上我给学生上课的时候,还有人给我送了非洲菊,没什么味道,特别鲜艳、特金黄的颜色。后来我说,这玩意插在瓶里几年?学生说:老师你是乐天派。我说,没事多过一天重阳,内心充满了快乐。

董卿:我正好想跟你们分享一下,王老师,你有没有遇到过收到特别有意义的礼物,或者是让你特别感动,和学生之间发生的故事?

王立群:学生把他的专著送给我,特别高兴。自己的学生写出来相当有水平、有质量的学术著作,做老师的觉得特别有成就感。

董卿:"春蚕到死丝方尽,蜡炬成灰泪始干",前面的节目中,我们曾经感谢过父母,今天不妨借这个机会,用我们自己最好的表现,来谢谢我们的老师,谢谢!

109.请听题:"莫待无花空折枝",请说出上一句?

金缕衣

杜秋娘

劝君莫惜金缕衣,劝君惜取少年时。花开堪折直须折,莫待无花空折枝。

嘉宾解读

这两句诗意思是说爱情花朵绽开的时候,要勇敢地去摘取它。不要等到爱情的机遇走掉了才想到,那时候就只空留枝叶的摇荡了。

花开不多时，堪折直须折，莫待无花空折枝。（王立群）

这首诗收在清代康熙年间编的《全唐诗》里，但《全唐诗》有一个问题，就是版本并不是经过精心校勘的。比如说李白，所收李白名下的诗，有些就不是他创作的。所以，要经过校勘。杜秋娘这首诗是不是她本人所作，也有争议。有人认为是她作的，也有人认为不是她作的。但谁作的都不是特别重要。（选手）

杜秋娘是确有其人的。（董卿）

从我们看到的情况来说，在命题时，对诗是经过了考证的。也就是说，我们应当相信命题组在这方面是把关的。（王立群）

杜牧有一首诗就叫《杜秋娘》，很长的长诗，写了一个少女，然后到皇妃，到保姆，到最后被逐出宫。再读这首诗，就会有更深的体会。（董卿）

这些女诗人，因为是女性，本身在当时的社会里不可能有机会出来做官，最主要的任务就是相夫教子。因此对爱情的期待、渴望和失望，成了她们最核心的主题，就跟李清照一样。像杜秋娘的这首富有哲理性、涵义深永的小诗一样，它告诫人们不要重视荣华富贵，而要爱惜少年时光，可以说它劝喻人们要及时摘取爱情的果实，也可以说是启示人们要及时建立功业。正因为它没有说得十分具体，反而更觉内涵丰富。（康震）

110.请听题："草色遥看近却无"，请说出上一句？

嘉宾解读

此诗作于唐穆宗长庆三年（823）早春，当时韩愈已经五十六岁，任吏部侍郎。虽然时间不长，但此时心情很好。此前不久，镇州（今河北正定）藩镇叛乱，韩愈奉命前往宣抚，最终说服叛军，平息了一场叛乱。穆宗非常高兴，把他从兵部

早春呈水部张十八员外
韩愈

天街小雨润如酥，草色遥看近却无。最是一年春好处，绝胜烟柳满皇都。

送元二使安西
王维

渭城朝雨浥轻尘，客舍青青柳色新。劝君更尽一杯酒，西出阳关无故人。

侍郎任上调为吏部侍郎。此诗是写给当时任水部员外郎的诗人张籍的。张籍在兄弟辈中排行十八，故称"张十八"。大约是韩愈约张籍游春，因张籍以事忙年老推辞，韩愈于是作这首诗寄赠，极言早春景色之美，希望触发张籍的游兴。（康震）

111.请听题："客舍青青柳色新"，请说出上句？

嘉宾解读

此诗是王维送朋友去西北边疆时作的诗，诗题又名"赠别"，后有乐人谱曲，名为"阳关三叠"，又名"渭城曲"，大约作于安史之乱

前。安西，是唐中央政府为统辖西域地区而设的安西都护府的简称，治所在龟兹城（今新疆库车）。这位姓元的友人是奉朝廷的使命前往安西的。唐代从长安往西去的，多在渭城送别。渭城即秦都咸阳故城，在长安西北的渭水北岸。该诗的三四两句非常有名，构成一个整体。要深切理解这临行劝酒中蕴含的深情，就不能不涉及"西出阳关"。处于河西走廊西尽头的阳关，和它北面的玉门关相对，从汉代以来，一直是内地通往西域的要道。唐代国势强盛，内地与西域往来频繁，从军或出使阳关之外，在盛唐人

心目中是令人向往的壮举。但当时阳关以西还是穷荒绝域，风物与内地大不相同。朋友"西出阳关"，虽是壮举，却又不免经历万里长途的跋涉，备尝独行穷荒的艰辛寂寞。因此，这临行之际"劝君更尽一杯酒"，就像是浸透了诗人全部丰富深挚情谊的一杯浓郁的感情琼浆。这里面，不仅有依依惜别的情谊，而且包含着对远行者处境、心情的深情体贴，包含着前路珍重的殷切祝愿。对于送行者来说，劝对方"更尽一杯酒"，不只是让朋友多带走自己的一份情谊，而且有意无意地延宕分手的时间，好让对方再多留一刻。"西出阳关无故人"之感，不只属于行者。临别依依，要说的话很多，但千头万绪，一时竟不知从何说起。这种场合，往往会出现无言相对的沉默，"劝君更尽一杯酒"，就是不自觉地打破这种沉默的方式，也是表达此刻丰富复杂感情的方式。（王立群）

112.请听题："农夫犹饿死"，请说出上一句？

悯农二首·其一

李绅

春种一粒粟，秋收万颗子。四海无闲田，农夫犹饿死。

🌿 嘉宾解读 🌿

李绅不仅是中唐时期新乐府运动的倡导者之一，而且是写新乐府诗的最早实践者。元稹曾说过："予友李公垂，贶予乐府新题二十首。雅有所谓，不虚为文。予取其病时之尤急者，列而和之，盖十二而已。"所谓"不虚为文"，就含有"文章合为时而著，歌诗合为事而作"的意思。他的这首名诗提出了一个发人深省的问题：春种一粒粟，秋收万颗子，既然风调雨顺，五谷丰登，又是"四海无闲田",大丰收为什么还会饿死人？那么丰收的粮食都到哪里去了呢？直接指出了社会问题，是朝廷有问题，说明政策有问题，人们不难知作者之意："苛政猛于虎也！"诗人委婉而深刻地揭露了统治者、剥削者残酷剥夺农民劳动果实的罪恶。所以这样的诗开了新的题材，是政府官员的良心发现，指出了失政的弊端。（康震）

鸟鸣涧
王维

人闲桂花落，夜静春山空。月出惊山鸟，时鸣春涧中。

全诗紧扣一"静"字着笔，极似一幅风景写生画。诗人用花落、月出、鸟鸣等活动着的景物，突出地显示了月夜春山的幽静，取得了以动衬静的艺术效果，生动地勾勒出一幅"鸟鸣山更幽"的诗情画意图。（康震）

113.请听题："夜静春山空"，请说出上句？

嘉宾解读

此诗当作于唐玄宗开元年间作者游历江南时，当时大唐盛世，安定统一。这是王维寓居今绍兴东南五云溪（即若耶溪）时，题友人皇甫岳所居的云溪别墅所写的组诗《皇甫岳云溪杂题五首》中的第一首。描绘的是山间春夜中幽静美丽的景色，侧重于表现夜间春山的宁静幽美。

114.请听题："海上明月共潮生"，请说出上一句？

嘉宾解读

此诗共三十六句，每四句一换韵，以富有生活气息的清丽之笔，创造性地再现了江南春夜的景色，如同月光照耀下的万里长江画卷，

春江花月夜(节选)

张若虚

春江潮水连海平,海上明
月共潮生。滟滟随波千万里,
何处春江无月明!

九月九日忆山东兄弟

王维

独在异乡为异客,每逢佳
节倍思亲。遥知兄弟登高处,
遍插茱萸少一人。

同时寄寓着游子思归的离别相思之
苦。诗篇意境空明,缠绵悱恻,洗
净了六朝宫体的浓脂腻粉,词清语
丽,韵调优美,脍炙人口,乃千古
绝唱,素有"孤篇盖全唐"之誉。
(康震)

事儿,给我感触也很深。像我们这一
代90年左右出生的人,很多都是独
生子女,父母只有我们这一个孩子,
假如我们要出国的话,万一他们真
的需要我们,我能否赶回来真的是
一个未知数。(朱文浩)

**115.请听题:"每逢佳节倍思
亲",请说出上一句?**

**116.请听题:"不敢问来人",
请说出上一句?**

嘉宾解读

这个题目还是深有感触的。我
出国留学一年多,一次家也没有回
过,直至录节目到现在,也没时间
回。那天一位选手说了关于母亲的

渡汉江

宋之问

岭外音书断,经冬复历春。
近乡情更怯,不敢问来人。

117.请听题:"便引诗情到碧霄",请说出上一句?

嘉宾解读

唐代诗人都有绰号,像"诗骨"陈子昂、"诗杰"王勃、"诗狂"贺知章、"诗家天子""七绝圣手"王昌龄、"诗仙"李白、"诗圣"杜甫、"诗囚"孟郊、"诗奴"贾岛、"诗豪"刘禹锡、"诗佛"王维、"诗魔"白居易、"五言长城"刘长卿、"诗鬼"李贺、"杜紫微"杜牧、"温八叉"温庭筠等。刘禹锡为什么是"诗豪"?他这个人命不好,与柳宗元一样,三十多岁因为犯了事儿,主要是政治上的问题,就被流放了,用他自己的话说,就是"巴山楚水凄凉地,二十三年弃置身",意思是自己被贬谪到巴山楚水这些荒凉的地区,二十三年被弃置在这里。虽然流放,但他依然没有忘记诗歌创作,模仿当地民歌,作《竹枝词》十一首。《竹枝词》是古代四川东部的一种民歌,人

秋词二首·其一

刘禹锡

自古逢秋悲寂寥,我言秋日胜春朝。晴空一鹤排云上,便引诗情到碧霄。

们边舞边唱,用鼓和短笛伴奏。赛歌时,谁唱得最多,谁就是优胜者。刘禹锡任夔州刺史时,非常喜爱这种民歌,他学习屈原作《九歌》的精神,采用了当地民歌的曲谱,制成新的《竹枝词》,描写当地的山水风俗和男女爱情,富于生活气息。这就是诗豪的本色。(康震)

这和刘禹锡的性格有关。刘禹锡和柳宗元一样,都是"八司马事件"的主要人物,唐顺宗永贞元年(805),刘禹锡参加王叔文政治革新失败后,被贬离长安做连州刺史,半途又被贬为朗州司马。到了元和十年(815),朝廷有人想起用他

以及和他同时被贬的柳宗元等人，于是他从朗州被召回京。这首诗，就是他从朗州回到长安时所写。诗通过人们在长安一座道士庙——玄都观中看花这样一件生活琐事，讽刺了当时的朝廷新贵。由于这首诗刺痛了当权者，他和柳宗元等再度被贬为远州刺史。官是升了，政治环境却无改善。柳宗元这一贬没有熬过去，就死在了远州。而刘禹锡则经过了十四年，又回来了，又写了一首名为《再游玄都观》的诗。在这十四年中，皇帝由宪宗、穆宗、敬宗而文宗，换了四个，人事变迁很大，但政治斗争仍在继续。作者写这首诗，是有意重提旧事，向打击他的权贵挑战，表示决不因为屡遭报复就屈服妥协。刘禹锡这个人的性格非常好，好在什么地方？他把所有的事情都看得很透。其实人的一生中，坎坷、磕磕绊绊的事情非常多，最重要的是你个人的看法，你看开了，轻轻一笑就过去了，看不开，柳宗元最后就

死了，很可惜。但是刘禹锡看得很开，晚年到了东都洛阳，还与白居易作诗唱和，一直到晚年还能活得很好。若要问刘禹锡长寿的秘诀是什么？我觉得很大程度上，他长寿的秘诀，就在于他看得开，把什么事情都能够看开，看得很轻。这样的诗人，让他写出来伤春悲秋的诗是不可能的，他觉得春不用伤、秋不必悲。刘禹锡对待生活的态度，非常值得我们学习。（王立群）

118. 请听题："蓝田日暖玉生烟"，请说出上一句？

嘉宾解读

这首诗是李商隐最享盛名的代表作，但就诗的内容，又是最不易理解的一篇难诗。有人说是写给令狐楚家一个名叫"锦瑟"的侍女的爱情诗；有人说是睹物思人，写给亡妻王氏的悼亡诗；也有人认为中间四句诗可与瑟的适、怨、清、和四种

锦瑟

李商隐

锦瑟无端五十弦，一弦一柱思华年。庄生晓梦迷蝴蝶，望帝春心托杜鹃。沧海月明珠有泪，蓝田日暖玉生烟。此情可待成追忆，只是当时已惘然。

春江花月夜（节选）

张若虚

江天一色无纤尘，皎皎空中孤月轮。江畔何人初见月？江月何年初照人？人生代代无穷已，江月年年只相似。不知江月待何人，但见长江送流水。

声情相合，从而推断为描写音乐的咏物诗；此外还有影射政治、自叙诗歌创作等许多种说法，千百年来众说纷纭，莫衷一是。大体而言，还是以"悼亡"和"自伤"为主题的。（康震）

119.请听题："江月年年只相似"，请说出上一句？

🌿 嘉宾解读 🌿

《春江花月夜》为乐府吴声歌曲名，相传为南朝陈后主所作，原词已不传。《旧唐书·音乐志二》说：

"《春江花月夜》《玉树后庭花》《堂堂》，并陈后主所作。叔宝常与宫中女学士及朝臣相和为诗，太乐令何胥又善于文咏，采其尤艳丽者以为此曲。"后来，隋炀帝又曾作过此曲。《乐府诗集》卷四十七收《春江花月夜》七篇，其中有隋炀帝的两篇。张若虚的这首为拟题做诗，虽与原先的曲调已不同，却是最有名的。（康震）

120.请听题："遥知不是雪，为有暗香来"，请说出上一联？

梅花

王安石

墙角数枝梅，凌寒独自开。遥知不是雪，为有暗香来。

嘉宾解读

王安石不仅是政治家、改革家，在诗词创作上也有很深的造诣。此诗最妙在哪里呢？妙在后面的两句"遥知不是雪，为有暗香来"，绽放的梅花，是沁人心脾的。王安石写得非常好，原来以为是飘落的雪花，其实不是，因为雪花没有香味。沙宝亮也有一首歌叫《暗香》，香怎么称暗香呢？意思是香味悠悠，沁人心脾。（康震）

王安石的变法主张被推翻，两次辞相两次再任，最终放弃了改革。这首诗是王安石罢相之后退居钟山所作。王安石的诗词写得最好的，是

他晚年的作品。作者在北宋极端复杂和艰难的局势下，积极改革，而得不到支持，其孤独的心态和艰难处境，与梅花自然有共通的地方。这首小诗通过对梅花不畏严寒高洁品性的赞赏，用雪喻梅的冰清玉洁，又用"暗香"点出梅胜于雪，说明坚强高洁的人格所具有的伟大魅力。首二句写墙角梅花不惧严寒，傲然独放，末二句写梅花洁白鲜艳，香气远布，赞颂了梅花的风度和品格，这正是诗人幽冷倔强性格的写照。（王立群）

121.请听题："两岸猿声啼不住，轻舟已过万重山"，请说出上一联？

早发白帝城

李白

朝辞白帝彩云间，千里江陵一日还。两岸猿声啼不住，轻舟已过万重山。

122.请听题:"长使英雄泪满襟",请说出上一句?

蜀相

杜甫

丞相祠堂何处寻?锦官城外柏森森。映阶碧草自春色,隔叶黄鹂空好音。三顾频烦天下计,两朝开济老臣心。出师未捷身先死,长使英雄泪满襟。

🌿 嘉宾解读 🌿

锦官城,古代成都的别称,也简称"锦城"。三国蜀汉时期,因成都蜀锦出名,成为蜀汉政权的重要财政收入,蜀汉曾设锦官和建立锦官城以保护蜀锦生产,锦官城的称呼便由此产生并声名远扬。《蜀相》是唐代诗人杜甫定居成都草堂后,翌年游览武侯祠时创作的一首咏史怀古诗。此诗借游览古迹,表达了诗人对蜀汉丞相诸葛亮雄才大略、辅佐两朝、忠心报国的称颂以及对他出师未捷而身死的惋惜之情。(王立群)

123.请听题:"一览众山小",请说出上一句?

望岳

杜甫

岱宗夫如何?齐鲁青未了。造化钟神秀,阴阳割昏晓。荡胸生层云,决眦入归鸟。会当凌绝顶,一览众山小!

🌿 嘉宾解读 🌿

"会当凌绝顶,一览众山小",这是青春时代的杜甫,豪情万丈,傲视群雄,登高一览,群山在怀抱之中。这不只是一个人的青春时代,也是大唐的青春时代。杜甫被尊称为诗圣,这诗有胸怀天下的浪漫情怀。把这首诗送给所有的朋友,希望大家实现梦想!(董卿)

124.请听题:"芳草萋萋鹦鹉洲",请说出上一句?

黄鹤楼
崔颢

昔人已乘黄鹤去,此地空余黄鹤楼。黄鹤一去不复返,白云千载空悠悠。晴川历历汉阳树,芳草萋萋鹦鹉洲。日暮乡关何处是?烟波江上使人愁。

125.请听题:"王孙自可留",请说出上一句?

嘉宾解读

王维这个人很奇妙,既是诗人,又是大画家。他在陕西辋川有别业(别墅),别业的设计图就是他自己绘制的,我们有理由相信,他是一个自然景观的设计师。放现在,肯定也是持证上岗的设计师。这说明在唐代,像王维这样的大文人、大官员,是具备多方面才能的。苏轼说他

山居秋暝
王维

空山新雨后,天气晚来秋。明月松间照,清泉石上流。竹喧归浣女,莲动下渔舟。随意春芳歇,王孙自可留。

"画中有诗,诗中有画",像"明月松间照,清泉石上流",有动、有静、有色彩,在这一首诗里面构成了完美的布局。(康震)

这首诗一个重要的艺术手法,是以自然美来表现诗人的人格美和一种理想中的社会之美。表面看来,这首诗只是用"赋"的方法模山范水,对景物作细致感人的刻画,实际上通篇都是比兴。诗人是通过对山水的描绘寄慨言志,在那貌似"空山"之中又找到了一个称心的世外桃源,诗人情不自禁地说:"随意春芳歇,王孙自可留!"本来,《楚辞·招隐士》说:"王孙兮归来,山

中兮不可久留!"诗人的体会恰好相反,他觉得"山中"比"朝中"好,洁净纯朴,可以远离官场而洁身自好,所以就决然归隐了。(王立群)

126.请听题:"孤帆一片日边来",请说出上一句?

望天门山

李白

天门中断楚江开,碧水东流至此回。两岸青山相对出,孤帆一片日边来。

嘉宾解读

此诗是开元十三年(725)李白初出巴蜀乘船赴江东,经当涂(今属安徽)途中行至天门山,初次见到天门山时有感而作。诗通过对天门山景象的描述,赞美了大自然的神奇壮丽,表达了作者初出巴蜀时乐观

豪迈的感情,展示了作者自由洒脱、无拘无束的精神风貌。(康震)

127.请听题,"野渡无人舟自横",请说出上一句?

滁州西涧

韦应物

独怜幽草涧边生,上有黄鹂深树鸣。春潮带雨晚来急,野渡无人舟自横。

嘉宾解读

唐德宗建中二年(781)韦应物任滁州刺史时,时常独步郊外,这是他游览至滁州西涧时写下的诗情浓郁的小诗。此诗写的虽是平常的景物,但经诗人的点染,却成了一幅意境幽深的有韵之画,还蕴含了诗人一种不在其位、不得其用的无奈与忧伤情怀,也就是作者对自己怀才不遇的不平。(康震)

128. 请听题："姑苏城外寒山寺，夜半钟声到客船"，请说出上一联？

枫桥夜泊
张继

月落乌啼霜满天，江枫渔火对愁眠。姑苏城外寒山寺，夜半钟声到客船。

129. 请听题："夜阑卧听风吹雨，铁马冰河入梦来"，请说出上一联？

十一月四日风雨大作二首·其二
陆游

僵卧孤村不自哀，尚思为国戍轮台。夜阑卧听风吹雨，铁马冰河入梦来。

这诗特好玩，大家都知道"夜阑卧听风吹雨，铁马冰河入梦来"这两句，谁知道第一首吗？（蒙曼）

铁马秋风大散关。（选手）

不是，是"溪柴火软蛮毡暖，我与狸奴不出门"。意思是：这么大的风这么大的雪，我和我家小猫不出门了。一个诗人面对同一件事儿，有时也会产生不同的情绪。（蒙曼）

陆游这人，一辈子也挺窝囊的，不过这不是他自己造成的，是时代让他窝囊的。这一点，他与辛弃疾不一样。陆游毕竟是一个文人，是一介书生。他自南宋孝宗淳熙十六年（1189）罢官后，闲居家乡山阴农村。此诗作于南宋光宗绍熙三年（1192）十一月四日，当时诗人已经六十八岁，虽然年迈，但爱国情怀丝毫未减，日夜思念报效祖国。诗人收复国土的强烈愿望，在现实中已

不可能实现，于是，在一个"风雨大作"的夜里，触景生情，由情生思，在梦中实现了自己金戈铁马、驰骋中原的愿望。（康震）

130.请听题："小荷才露尖尖角，早有蜻蜓立上头"，请说出上一联？

小池
杨万里

泉眼无声惜细流，树阴照水爱晴柔。小荷才露尖尖角，早有蜻蜓立上头。

嘉宾解读

杨万里，也称"诚斋先生"。因宋光宗曾为其书"诚斋"，故有此称呼。他的诗歌学习江西诗派，诗法自然，对哲理性的感悟都不是生憋出来的，而是从自然景物当中领悟出来的，最终摆脱了前人的束缚而自成一家，取得了更高的成就。如"小荷才露尖尖角，早有蜻蜓立上头"等，在他看来，小荷刚刚长出的那"尖尖角"，是新生力量的代表。其特点：一是诗人把自己的主观情感最大程度地投射在客观事物上。二是作诗想象奇特，不用奇奥生僻的字句，而是用浅近明白的语言和流畅的章法，近于口语。杨万里并不仅是一位只会吟诗赋词、风花雪月的诗人，还是一位学者，不仅在诗歌创作上创造了自成风格的"诚斋体"，而且还有较为深厚的思想修养。在社会政治思想、理学思想、易学思想等方面，都形成了较为系统的体系。（康震）

131.请听题："洛阳亲友如相问，一片冰心在玉壶"，请说出上一联？

芙蓉楼送辛渐

王昌龄

寒雨连江夜入吴，平明送客楚山孤。洛阳亲友如相问，一片冰心在玉壶。

白雪歌送武判官归京（节选）

岑参

北风卷地白草折，胡天八月即飞雪。忽如一夜春风来，千树万树梨花开。

132.请听题："万户捣衣声"，请说出上一句？

134.请听题："少小离家老大回"，请接下一句？

子夜吴歌·秋歌

李白

长安一片月，万户捣衣声。秋风吹不尽，总是玉关情。何日平胡虏，良人罢远征？

回乡偶书

贺知章

少小离家老大回，乡音无改鬓毛衰。儿童相见不相识，笑问客从何处来？

请接续诗词的下一句

133.请听题："忽如一夜春风来"，请接下一句？

嘉宾解读

这首诗是实写，写的是回乡的感受。贺知章三十七岁就考中了进士，此后40年一直仕宦在外，等他回到故乡的时候都已经八十六岁了。写完这诗的第二年，贺知章就去世了。当时贺知章在朝廷里边威望很高，是大才子，为人旷达不羁，有"清谈风流"之誉，晚年尤纵，自号"四明狂客"。他辞官回乡的时候，太子以下的百官都给他送行。所以他的诗里反映的是真事，其实这其中并不完全是感伤，只是一种到老的情趣。（康震）

我一直觉得这个人很顽固，他在朝廷为官这么多年，是要学官话的。以浙江口音，在朝廷里，大家是听不懂的。但他到老了还没有忘记自己的家乡话，我估计他是在两种语音中流走，这实际上也是很好玩的。（蒙曼）

135.请听题："葡萄美酒夜光杯"，请接下一句？

嘉宾解读

王瀚在当时是一个非常著名的

凉州词

王翰

葡萄美酒夜光杯，欲饮琵琶马上催。醉卧沙场君莫笑，古来征战几人回？

诗人，为人洒脱，不拘小节。这首诗属于边塞诗，边塞诗一般都是写生活很辛苦、打仗很残酷。可是你看这首诗"葡萄美酒夜光杯"，非常美，而打仗一般都在边疆地区，所以"欲饮琵琶马上催"——正要喝，催着打仗开始了。"醉卧沙场君莫笑"，我喝醉了，你可别笑，打仗能有几个人回来？战争很残酷，可在诗里却感觉不到一点残酷，诗人是很乐观的、非常向上的，使读者感觉到人生应当如此，不惧生死。什么叫浪漫？本来面对的是生死抉择，表现出的却不是凝重，而是轻快，所以这就是大唐的气象。（康震）

136.请听题："在天愿作比翼鸟"，请接下一句？

嘉宾解读

白居易的这首诗，我觉得真是把杨贵妃和唐明皇给救了。因为这是一个很悲惨的故事，一个是几乎亡了国的君主，一个是被杀的宠妃，这在古代是属于红颜祸水的故事。但是《长恨歌》一出来，大家就知道了一个凌驾于一切的爱情故事，穿越时空、政治较量等等。现在我们记住的都是"在天愿作比翼鸟，在地愿为连理枝"，所以说一个文学作品的力量有多大，从这首诗里就可以看得出来了。（蒙曼）

其实，《长恨歌》就是长爱歌，是因为爱而不能相聚，才生出种种的长恨，所以能够爱的时候要多爱一点，以免留下遗恨。（康震）

137.我们常说的"剪不断，理还乱，是离愁"出自李后主词，请问：该句的下一句是什么？

A. 恰似一江春水向东流

B. 自是人生长恨水长东

C. 别是一般滋味在心头

嘉宾解读

词为五代时期南唐后主李煜（存疑）被囚于宋国时所作的名篇。词牌名虽为《相见欢》，咏的却是离怨别愁。上片选取典型景物为感情抒发渲染铺垫，下片借用形象比喻委婉含蓄地抒发真挚的感情。词中的缭乱离愁，不过是他宫廷生活结束后的一个插曲。由于当时已经归降宋朝，词里所表现的是他离乡去

相见欢·无言独上西楼

李煜

无言独上西楼，月如钩。寂寞梧桐深院锁清秋。　剪不断，理还乱，是离愁。别是一般滋味在心头。

鹊桥仙·纤云弄巧

秦观

纤云弄巧，飞星传恨，银汉迢迢暗度。金风玉露一相逢，便胜却、人间无数。　柔情似水，佳期如梦，忍顾鹊桥归路。两情若是久长时，又岂在、朝朝暮暮？

国的锥心怆痛。词作感情真实，深沉自然，突破了花间词以绮丽腻滑笔调专写"妇人语"的风格，是宋初婉约派词的开山之作。（康震）

138.请听题："两情若是久长时"，请接下一句？

嘉宾解读

看到这道题就乐了，也不知道今天的题出得为何这么有心？这是一首著名的写给异地恋人的词："两情若是久长时，又岂在、朝朝暮暮？"（选手）

写给异地恋人的叫《鹊桥仙》，

它在中国诗词中的情词排名榜上排前10名。《鹊桥仙》这个词牌，秦观之所以写得那么好，是因为他老师苏东坡；苏东坡之所以写得那么好，因为这个词是苏东坡的老师欧阳修首创的，经过三代人的积累，到秦观，就写出了巅峰之作。（郦波）

中国很早就有写情诗的传统，《古诗十九首》里面就有"迢迢牵牛星，皎皎河汉女"。但这一系列的作品，都是在述说欢乐太短了。到秦观，一下子翻上来了：欢乐短不重

要，重要的是情分长，抵得上多少朝朝暮暮？所以词作一下子就提升到了很高的境界。（蒙曼）

枫桥夜泊

张继

月落乌啼霜满天，江枫渔火对愁眠。姑苏城外寒山寺，夜半钟声到客船。

🍃 嘉宾解读 🍃

该诗是唐朝安史之乱后，诗人张继途经寒山寺时，写下的一首羁旅诗。在这首诗中，诗人精确而细腻地讲述了一个客船夜泊者对江南深秋夜景的观察和感受，勾画出了月落乌啼、霜天寒夜、江枫渔火、孤舟客子等景象，有景、有情、有声、有色。此外，这首诗也将作者的羁旅之思、家国之忧，以及身处乱世、尚无归宿的顾虑充分地表现出来，是写愁的代表作。有关这首诗，还有一个特别有名的历史典故。传说，唐代的武宗皇帝酷爱张继的《枫桥夜泊》诗，在他猝死前的一个月，还敕命京城第一石匠吕天方精心刻制了一块《枫桥夜泊》诗碑，当时还说自己升天之日，要将此石碑一同带走。于是在唐武宗驾崩后，此碑被殉葬于武宗地宫，置于棺床上首。并且，唐武宗临终颁布遗旨：《枫桥夜泊》诗碑只有朕可勒石赏析，后人不可与朕齐福，若有乱臣贼子擅刻诗碑，必遭天谴，万劫不复！因为这诗太好了，后人又想翻刻，但是北宋的王珪、明代的文徵明，包括清代的国学大师俞樾，都因书刻此诗不得好死。以至于抗日战争的时候，松井石根想抢夺这块碑的时候，还很害怕这个诅咒。（郦波）

142

140.请听题："感时花溅泪"，请接下一句?

> ## 春望
>
> 杜甫
>
> 国破山河在，城春草木深。感时花溅泪，恨别鸟惊心。烽火连三月，家书抵万金。白头搔更短，浑欲不胜簪。

嘉宾解读

这首诗中学语文课本里有，诗词鉴赏时，老师会说"感时"花怎么会掉泪? 鸟怎么会惊心? 实际上这是一种拟人手法。(选手)

这不是拟人的手法，是看花而溅泪，闻鸟而惊心。看春不当春，这是因为什么? 因为国破，国家破了这些东西都没有了。天宝十四载（755）十一月，安禄山起兵叛唐。次年六月，叛军攻陷潼关，唐玄宗匆忙逃往四川。七月，太子李亨即位于灵武（今属宁夏），改元至德。至德二年春，身处沦陷区的杜甫目睹了长安城一片萧条零落的景象，百感交集，便写下了这首传诵千古的名作。所以我觉得如果要是真像你说的这样，那老师可是误导了好多人啊!（蒙曼）

《春望》是唐朝诗人杜甫的一首五言律诗。诗的前四句写春日长安凄惨破败的景象，饱含着兴衰感慨；后四句写诗人挂念亲人、心系国事的情怀，充溢着凄苦哀思。这首诗格律严整，颔联分别以"感时花溅泪"应首联国破之叹，以"恨别鸟惊心"应颈联思家之忧。尾联则强调忧思之深导致发白而稀疏，对仗精巧，声情悲壮，表现了诗人的爱国之情。（郦波）

141.请听题："亲朋无一字"，请接下一句?

无门的哀伤。(郦波)

142.请听题："松下问童子"，请接下一句。

登岳阳楼

杜甫

昔闻洞庭水，今上岳阳楼。吴楚东南坼，乾坤日夜浮。亲朋无一字，老病有孤舟。戎马关山北，凭轩涕泗流。

寻隐者不遇

贾岛

松下问童子，言师采药去。只在此山中，云深不知处。

🌸 嘉宾解读 🌸

这首五言律诗写于诗人逝世前一年，即768年（唐代宗大历三年）。当时杜甫由夔州出三峡，暮冬腊月，泊舟岳阳城下，登楼远眺，触景生情，写下这首感怀之作。此诗开头写早闻洞庭盛名，然而到暮年才实现目睹名湖的愿望，表面看有初登岳阳楼之喜悦，其实意在抒发早年抱负至今未能实现之情。颔联写洞庭的浩瀚无边。颈联写政治生活坎坷，漂泊天涯，怀才不遇的心情。尾联写眼望国家动荡不安，自己报国

🌸 嘉宾解读 🌸

这首诗小学语文课本里有。（选手）

你会怎么样给学生讲解这首诗？（董卿）

讲解时我把它编成小故事来教。你比如说，贾岛不是曾经出过家吗？是和尚。他兴致一来，就想去

山中寻找自己的朋友。在去朋友住处的山路上，看到一个童子，问：你师父去哪里了？师父在家吗？童子对贾岛说：我师父没在家，采药去了。（选手）

你这个故事说得很一般。听听两位老师怎么说。（董卿）

蒙老师曾讲过，师父为什么是采药去而不是采花去了？其实这问题很有意思。我记得我读这首诗的时候，总容易把它想成松下问童子，总容易想成松子，每次吃松子的时候，想到这诗，就把松子和松下问童子连在一起，这诗其实给人一个想象的空间。（郦波）

诗中的"松"和"药"字不是白写的，是为了衬托隐士的"真"，松是青的，药是真的。这是隐士应有的风范，否则没有这样的心情，白白跑到山里，就索然无味了。（蒙曼）

143.请听题："故人西辞黄鹤

楼"，请接下一句？

黄鹤楼送孟浩然之广陵

李白

故人西辞黄鹤楼，烟花三月下扬州。孤帆远影碧空尽，惟见长江天际流。

🌸 嘉宾解读 🌸

李白其实特别喜欢扬州，他早年出川之后，次年春天就到了扬州。为什么？当时扬州是国内除京城之外最繁华的地方，有"扬一益二"之说，也就是说扬州是天下最繁华的地方，相当于现在全世界来看纽约。李白作为一个来自西部的青年，其实不是北漂，是东漂，一下漂到扬州去了，就像是现在的北漂来北京。（郦波）

144.请听题："洛阳亲友如相问"，请接下一句？

芙蓉楼送辛渐

王昌龄

寒雨连江夜入吴，平明送客楚山孤。洛阳亲友如相问，一片冰心在玉壶。

🍃 嘉宾解读 🍃

诗大约作于唐玄宗天宝元年（742）王昌龄出仕江宁（今南京市）县丞时。玄宗开元十五年（727），王昌龄进士及第，开元二十七年（739）远谪岭南，次年北归，自岁末起任江宁丞，仍属谪宦。辛渐是王昌龄的朋友，这次拟由润州渡江，取道扬州，北上洛阳。王昌龄可能陪他从江宁到润州，然后在此分手。诗当为此时所作。（蒙曼）

还有一点，诗里提到的芙蓉楼，一共有两座。王昌龄的一首《芙蓉楼送辛渐》，使芙蓉楼天下闻名，成为名胜古迹。如今，两处芙蓉楼，分别在江苏镇江和湖南洪江。1.唐天宝七载（748），诗人王昌龄由江宁丞谪贬为龙标尉，龙标为唐代县名，今湖南黔阳，治所在今湖南黔阳黔城镇。2.李白为好友王昌龄贬官而作《闻王昌龄左迁龙标遥有此寄》。其中的"夜郎"指隋代的夜郎县，其地当在今湖南辰溪一带；而龙标恰恰在辰溪以西，所以有"直到夜郎西"的说法。（郦波）

145.请听题："野旷天低树"，请接下一句？

🍃 嘉宾解读 🍃

古人经常能发现这种自然美，今人就很难发现。为什么？"移舟泊烟渚"，那时交通工具都很缓慢，古人出行，经常就像我们这个

宿建德江

孟浩然

移舟泊烟渚，日暮客愁新。野旷天低树，江清月近人。

LOGO的图片上显示的"扁舟一叶"，很舒缓的。即使人在旅途，那心境也是非常舒缓的，往往会用诗词表现自己的情感、生活。我们今天匆匆忙忙地在地铁、公交里都埋头看手机，都在找WIFI信号、免费的上网信号，这种心境使人的整个生活的审美就变了。看看古人的审美情趣，我们都丢失了些什么？

（郦波）

诗里有种入骨的孤独，"野旷天低树，江清月近人"，周围环境是如此的空旷，大江是如此的浩瀚，谁来和人亲近？只有一轮明月看起来和人越来越近了。可能今天的我们早已远离了这样的环境，进入到更喧嚣的环境中，孤独不是一下子像孟浩然这样能感觉到的，很多时候在喧嚣人群中会更感孤独。有的时候，反倒不如这种在与大自然亲近时产生的既孤独但又宁静的心绪。

（蒙曼）

146.请听题："柴门闻犬吠"，请接下一句？

嘉宾解读

对这首诗的词句释义和意境理解，历来众说纷纭，莫衷一是。此诗表面看似乎字字"明白"，实则言简意约，含而不露，"情在景

逢雪宿芙蓉山主人

刘长卿

日暮苍山远，天寒白屋贫。柴门闻犬吠，风雪夜归人。

中，事在景中"，而情非直抒、事不明写，这给解读带来难度，歧义难免，多解必然。大约在唐代宗大历八年（773）至十二年（777）间的一个秋天，刘长卿受鄂岳观察使吴仲儒的诬陷获罪，因监察御史苗丕明镜高悬，才从轻发落，贬为睦州司马。《逢雪宿芙蓉山主人》写的是严冬，应在遭贬之后。上半首似言自己被害得走投无路，希望获得一席净土，可在冷酷的现实之中，哪有自己的立身之所？下半首似言绝望中遇上救星苗丕，给自己带来了一点可以喘息的光明，当然也包含无限的感激之情。以此看来，这首诗不仅是一幅优美的风雪夜归图，而且也反映了诗人政治生涯的艰辛。（郦波）

147.请听题："会当凌绝顶"，请接下一句？

🌼 嘉宾解读 🌼

中国古代，"五岳四渎"都是帝

望岳

杜甫

岱宗夫如何？齐鲁青未了。造化钟神秀，阴阳割昏晓。荡胸生层云，决眦入归鸟。会当凌绝顶，一览众山小。

王祭祀的地方，所以这些地方也成为很多文人墨客游览的地方。杜甫这首诗，在游泰山诗中很有名。这诗最好的地方在哪里？最后两句，写得非常漂亮！诗句反映了一个问题：一个人的高度，决定了他的眼界。这两句恰恰就印证了这一点：你只有站得高，才能看得更远。（王立群）

所以要登高。（郦波）

虽然这道题是"会当凌绝顶，一览众山小"，但今天能见到三位老师，我有一种"白日放歌须纵酒，青春作伴好还乡"的感觉。（选手）

148.请听题："此情可待成追忆"，请接下一句？

锦瑟

李商隐

锦瑟无端五十弦，一弦一柱思华年。庄生晓梦迷蝴蝶，望帝春心托杜鹃。沧海月明珠有泪，蓝田日暖玉生烟。此情可待成追忆，只是当时已惘然。

🌿 **嘉宾解读** 🌿

我特别想问一下选手："只是当时已惘然"和"只是当时成惘然"两句，哪句更好一些？（郦波）

我认为"只是当时成惘然"好。因为李商隐有豪情的一面，但纳兰性德可能更加深沉一点，"只是当时已惘然"，回首往事的时候还有一点淡然的从容，就惘然了。如果说你没有惘然，沉迷在其中，你就感觉不到惘然，因为你还沉迷在里面。感觉惘然的时候，我感觉他已经有脱身于此时之外的一种感觉了。这句诗既非悼亡也不谈感情，而是喜怒哀乐的情绪。惘然者，已无踪迹。当时的心情可以回忆起来，但是当时的情景已经没有了踪迹。（选手）

纳兰更深情。（郦波）

149.请听题："云横秦岭家何在"，请接下一句？

🌿 **嘉宾解读** 🌿

这首诗是我非常喜欢的七律。它在一定程度上代表了中国自古至今文官——知识分子的骨气在里面。"欲为圣明除弊事"，国家命运比自己的生命更重要，这从一定意义上甚至可以说是韩愈的绝笔诗，因为他被贬到潮州后，没几年就去世了。我非常喜欢他，也很喜欢这首诗词。（选手）

左迁至蓝关示侄孙湘

韩愈

一封朝奏九重天，夕贬潮州路八千。欲为圣明除弊事，肯将衰朽惜残年！云横秦岭家何在？雪拥蓝关马不前。知汝远来应有意，好收吾骨瘴江边。

唐元和十四年（819）正月，唐宪宗命宦官从凤翔府法门寺真身塔中将所谓的释迦文佛的一节指骨迎入宫廷供奉，并送往各寺庙，要求官民敬香礼拜。时任刑部侍郎的韩愈，看到这种佞佛行为，便写了一篇《谏迎佛骨表》，劝谏阻止唐宪宗。指出信佛对国家无益，而且说自东汉以来信佛的皇帝都短命，结果触怒了唐宪宗，导致韩愈几乎被处死。经裴度等人说情，最后韩愈被贬为潮州刺史，责求即日上道。韩愈大半生仕宦蹉跎，五十岁才擢升刑部侍郎，两年后又遭此难，情绪十分低落，满心委曲、愤慨、悲伤。潮州州治潮阳在广东东部，距离当时的京师长安有千里之遥。韩愈只身一人，仓促上路，走到蓝田关口时，他的妻儿还没有跟上来，只有他的侄孙跟了上来，所以他写下这首诗。（郦波）

韩愈在中国儒学传播史上应当是非常重要的。他自己也很自负，认为自己是道统的继承者。中国儒家知识分子人格的建立，首推孟子，孟子在儒家人格的建立上发挥了巨大的作用。韩愈大力提倡儒学，以继承儒学道统自居，开宋明理学之先声。（王立群）

韩愈是古文运动的倡导者，主张继承先秦两汉散文传统，反对专讲声律对仗而忽视内容的骈体文。韩愈的文章气势雄伟，说理透彻，逻辑性强，被尊为"唐宋八大家"之首，时人有"韩文"之誉。杜牧把韩文与杜诗并列，称为

"杜诗韩笔"；苏轼称他"文起八代之衰"。韩柳倡导的古文运动，开辟了唐以来古文的发展道路。（郦波）

150.请听题："谁家玉笛暗飞声"，请接下一句？

春夜洛城闻笛
李白

谁家玉笛暗飞声，散入春风满洛城。此夜曲中闻《折柳》，何人不起故园情。

嘉宾解读

李白的这类七言绝句写得都非常清爽，读了以后，让人觉得把心里的思念表达了出来。"洛城闻笛"这一类的题目，一看就是在他乡思念远方亲人的。诗中"此夜曲中闻《折柳》，何人不起故园情"，《折柳》

一支给亲人，想让你留，你并不留。（康震）

这首诗是唐玄宗开元二十三年（735），李白游洛城（即洛阳）时所作。洛阳在唐代是一个很繁华的都市，时称"东都"。当时李白客居洛城，大概在客栈里，因偶然听到笛声而触发故园之情。（王立群）

151.请听题："东风不与周郎便"，请接下一句？

赤壁
杜牧

折戟沉沙铁未销，自将磨洗认前朝。东风不与周郎便，铜雀春深锁二乔。

嘉宾解读

这是诗人经过著名的赤壁（今湖北武昌西南赤矶山）古战场，

有感于三国时代的英雄成败而写下的诗篇。诗人以小见大，即物感兴，托物咏史，点明赤壁之战关系到国家存亡、社稷安危；同时暗指自己胸怀大志不被重用。杜牧在此诗里，通过"铜雀春深"这一富于形象性的诗句，即小见大，这正是他在艺术处理上独特的成功之处。另外，此诗过分强调东风的作用，又不从正面歌颂周瑜的胜利，却从反面假想其失败。杜牧通晓政治军事，对当时中央与藩镇、汉族与吐蕃的斗争形势，有相当清楚的了解，并曾经向朝廷提出过一些有益的建议。如果说，孟轲在战国时代就已经知道"天时不如地利，地利不如人和"的原则，而杜牧却还把周瑜在赤壁战役中的巨大胜利，完全归之于偶然的东风，这是很难想象的。他之所以这样地写，恐怕用意还在于自负知兵，借史事以吐其胸中的抑郁不平之气。

（康震）

152.请听题："后宫佳丽三千人"，请接下一句？

长恨歌（节选）

白居易

汉皇重色思倾国，御宇多年求不得。杨家有女初长成，养在深闺人未识。天生丽质难自弃，一朝选在君王侧。回眸一笑百媚生，六宫粉黛无颜色。春寒赐浴华清池，温泉水滑洗凝脂。侍儿扶起娇无力，始是新承恩泽时。云鬓花颜金步摇，芙蓉帐暖度春宵。春宵苦短日高起，从此君王不早朝。承欢侍宴无闲暇，春从春游夜专夜。后宫佳丽三千人，三千宠爱在一身。

嘉宾解读

刚才说李白写诗夸张了、扩大了，这里却是写少了。当时在唐代的长安,开元天宝年间玄宗时期,长安大内有大明宫、兴庆宫等,还有东都洛阳,后宫的宫女有多少?四万人,那是:后宫佳丽四万人,四万宠爱在一身。(康震)

董卿姐姐好!我举手的目的不是因为这道题,是因为王立群老师在有道题的说法,我有一点自己的想法。我母亲是永州人,其实永州的风景怎么样呢?我感觉还是可以的。《永州八记》中的景点现在确实都找不到了,柳宗元笔下的永州,代表的是整体特色、整体特点。因为偏居南方一隅,又是三省交界的地方,那里的山水还是很有特点的。尤其其中的江永县,那是瑶族的集聚地,还有全国独有的女书,很有特色的女性文字,现在受到了全世界的关注。而且很重要的是,已经找到了女书的传承人。所以我觉得《永州八记》的景色虽已经没有了,但那个地方还是值得一看的。(选手)

153.请听题:"黄鹤一去不复返",请接下一句?

黄鹤楼

崔颢

昔人已乘黄鹤去,此地空余黄鹤楼。黄鹤一去不复返,白云千载空悠悠。晴川历历汉阳树,芳草萋萋鹦鹉洲。日暮乡关何处是?烟波江上使人愁。

154.请听题:"何当共剪西窗烛",请接下一句?

🌸 嘉宾解读 🌸

这首诗在构思上非常巧妙,而且后面两句很有名,我记得前些年有一部电影叫《巴山夜雨》,年轻人记不得,当时我印象很深刻,大概就是"文化大革命"结束不久公映的。(王立群)

是反映"文化大革命"中对知

夜雨寄北

李商隐

君问归期未有期，巴山夜雨涨秋池。何当共剪西窗烛，却话巴山夜雨时。

识分子迫害的故事。（康震）

这首诗是晚唐诗人李商隐身居异乡巴蜀，写给远在长安的妻子（或友人）的一首抒情七言绝句，是诗人给对方的复信。诗即兴写来，写出了诗人刹那间情感的曲折变化。语言朴实，在遣词、造句上看不出修饰的痕迹。与李商隐的大部分诗词表现出来的辞藻华美，用典精巧，长于象征、暗示的风格不同，这首诗却质朴、自然，同样也具有"寄托深而措辞婉"的艺术特色。全篇构思新巧，跌宕有致，言浅意深，语

短情长，具有含蓄的力量，千百年来吸引着无数读者，令人百读不厌。

（王立群）

155.请听题："白发三千丈"，请接下一句？

秋浦歌十七首·其十五

李白

白发三千丈，缘愁似个长。不知明镜里，何处得秋霜？

嘉宾解读

夸张是浪漫主义文学的重要表现手法之一，李白最善用之。如"高堂明镜悲白发，朝如青丝暮成雪"；"燕山雪花大如席"；"飞流直下三千尺，疑是银河落九天"等。这首

诗大约作于唐玄宗李隆基的天宝末年，这时候唐朝政治腐败，诗人对整个局势深感忧虑。此时，李白已经五十多岁了，理想不能实现，反而受到压抑和排挤。这怎不使诗人愁生白发、鬓染秋霜呢？诗人用夸张的手法，抒发了他怀才不遇的苦衷。首句"白发三千丈"作了奇妙的夸张，似乎不近情理，一个人七尺身躯，而有三千丈的头发，根本不可能，那是白发魔女对不对？读到下句"缘愁似个长"才豁然明白，因为愁思像这样长。白发因愁而生，因愁而长，有形的白发被无形的愁绪所替换，于是这三千丈的白发，很自然地被理解为艺术的夸张。后两句通过向自己的提问，进一步加强对"愁"的刻画，抒写了诗人愁肠百结、难以自解的苦衷。"秋霜"代指白发，更具有忧伤憔悴的感情色彩。（康震）

156.请听题："嫦娥应悔偷灵药"，请接下一句？

嫦娥
李商隐

云母屏风烛影深，长河渐落晓星沉。嫦娥应悔偷灵药，碧海青天夜夜心。

嘉宾解读

嫦娥：古代神话中的月中仙女。《淮南子·览冥训》中记载："羿请不死之药于西王母，恒娥窃以奔月。"恒又作"姮"。云母屏风，嵌着云母石的屏风。此言嫦娥在月宫中独处，夜晚唯烛影和屏风相伴。长河句是说银河逐渐向西倾斜，晓星也将隐没，又一个孤独的夜过去了。碧海，《十洲记》："扶桑在东海之东岸，岸直，陆行登岸一万里，东复有碧海，海广狭浩汗，与东海等，水既不咸苦，正作碧色。"此诗咏叹嫦

娥在月中的孤寂情景，抒发了诗人的自伤之情。前两句分别描写室内、室外的环境，渲染空寂清冷的气氛，表现主人公怀思的情绪；后两句是主人公在一宵痛苦的思忆之后产生的感想，表达了一种孤寂感。（王立群）

157.请听题："正是江南好风景"，接下一句？

江南逢李龟年

杜甫

岐王宅里寻常见，崔九堂前几度闻。正是江南好风景，落花时节又逢君。

🌸 嘉宾解读 🌸

此诗作于唐代宗大历五年（770）杜甫在长沙的时候。李龟年是唐玄宗开元时期"特承顾遇"的著名歌唱家，常在贵族豪门歌唱。杜甫初逢李龟年，是在"开口咏凤凰"的青年时期，正值所谓"开元全盛日"。当时王公贵族普遍爱好文艺，杜甫即因才华早著而受到岐王李隆范和中书监崔涤的延接，得以在他们的府邸欣赏李龟年的歌唱。而一位杰出的艺术家，既是特定时代的产物，也往往是特定时代的标志和象征。在杜甫心目中，李龟年正是和鼎盛的开元时代、也和他自己充满浪漫情调的青少年时期的生活，紧紧联结在一起的。安史之乱后，杜甫漂泊到江南一带，和流落此地的宫廷歌唱家李龟年重逢，他乡遇见了故知，回忆起在岐王和崔涤的府第频繁相见和听歌的情景而感慨万千写下了这首诗。（康震）

158.请听题："南朝四百八十寺"，请接下一句？

🌸 嘉宾解读 🌸

该诗写作时间应该在唐武宗

江南春

杜牧

千里莺啼绿映红，水村山郭酒旗风。南朝四百八十寺，多少楼台烟雨中。

赠花卿

杜甫

锦城丝管日纷纷，半入江风半入云。此曲只应天上有，人间能得几回闻？

灭佛期间，或之后的唐宣宗大中时期。诗将自然风景和人文景观交织起来进行描写，把美丽如画的江南自然风光和烟雨蒙蒙中南朝的人文景观结合起来。在烟雨迷蒙的春色之中，渗透出诗人对历史兴亡盛衰的感慨和对晚唐国运的担忧。（王立群）

159.请听题："此曲只应天上有"，请接下一句？

🌸 嘉宾解读 🌸

杨慎《升庵诗话》说："花卿在蜀颇僭用天子礼乐，子美作此讥之，而意在言外，最得诗人之旨。"耐人寻味的是，作者并没有对花卿明言指斥，而是采取了一语双关的巧妙手法，予以委婉的讽刺。（王立群）

160.请听题："去年今日此门中"，请接下一句？

🌸 嘉宾解读 🌸

围绕这首诗，还有一个著名的故事。说的是唐朝的博陵（今河北安平）有一青年名叫崔护，容貌英俊，文才出众，来到都城长安参加进士考试，结果名落孙山。由于距家路途遥远，便寻居京城附近，准备来年再考。清明时节，他一个人去都城南门外郊游，在一户庄园里，

题都城南庄

崔护

去年今日此门中，人面桃花相映红。人面不知何处去，桃花依旧笑春风。

邂逅一位姿色艳丽、神态妩媚的少女。两人相互注视许久，两情相悦，崔护一步三回首，怅然而归。第二年清明节，崔护忽然想起此女，思念之情无法控制，于是直奔城南去找她。到那里一看，门庭庄园一如既往，但是大门已上了锁。崔护便在左边一扇门上题了这首《题都城南庄》诗。过了几天，他又来到城南，去寻找那位女子。听到门内有哭的声音，叩门询问时，有位老父走出来说："你是崔护吗？"答道："正是。"老父又哭着说："是你杀了我的女儿。"崔护又惊又怕，不知该怎样回答。老父说："我女儿已

经成年，知书达理，尚未嫁人。自从去年清明开始，经常神情恍惚、若有所失。那天陪她出去散心，回家时，见在左边门扇上有题字，读完之后，她便一病不起，绝食而死。我老了，只有这么个女儿，迟迟不嫁的原因，就是想找个可靠的君子，借以寄托我的余生。如今她竟不幸去世，这不是你害死她的吗？"说完又扶着崔护大哭。崔护也十分悲痛，请求进去一哭亡灵。死者仍安然躺在床上，崔护抬起她的头让其枕着自己的腿，哭着祷告道："我在这里，我在这里！"不一会儿，女子睁开了眼睛。过了半天，便复活了。老父大为惊喜，便将女儿许配给了崔护。这个故事以及崔护的题诗，后来衍生了一个典故，即"人面桃花"，被用来形容男女邂逅分离后男子追念的情形，用于泛指所爱慕而不能再见的女子，也形容由此而产生的怅惘心情。后世文人创作，常用到这个典故。如晏几道的

《御街行》、袁去华的《瑞鹤仙》等。（康震）

161.请听题："无边落木萧萧下"，请接下一句？

🌿 嘉宾解读 🌿

这是杜甫非常有名的七律诗，诗中提到浊酒，李白的诗中也有清酒的说法。清酒和浊酒有何区别？解决这个问题，先要了解中国酒的历史及演变。酒的演变，在中国大致经历了三个阶段，即果酒、黄酒、烧酒（白酒）。原始社会初期，当人类还处于采集经济的时期，就发现吃了天然发酵的野果，会产生一种神奇的疗效，即医学上所说的"舒经活血"，于是原始人类便开始有意识地对采集来的野果进行人工发酵，这样最早的酒——果酒便产生了，它的酒精含量一般在15度左右。随着农耕时代的到来，粮食产量增加，在果酒的基础上，夏商时人们开始了谷物酿酒，原料主要为

> ## 登高
> 杜甫
>
> 风急天高猿啸哀，渚清沙白鸟飞回。无边落木萧萧下，不尽长江滚滚来。万里悲秋常作客，百年多病独登台。艰难苦恨繁霜鬓，潦倒新停浊酒杯。

黍和稻，古代称为黍酒，其实就是我们今天所说的黄酒。浊酒就是没有经过过滤的黍酒，因为有酒渣在里面。而清酒就是滤去渣的酒。古代有专门过滤酒的器具。而陶渊明用脏兮兮的头巾滤酒（萧统《陶渊明传》）而饮，则展现的是无拘无束的名士风度。古代常以酒的清与浑作为区别酒质量好坏的标准，清酒质量好，浑酒质量差。至于白酒什么时候出现，目前学术界有争议。李时珍《本草纲目》记载："烧酒非古法也，自元始创其法。"也就是说白

酒在中国的发展最多有六七百年的历史。李白《行路难》"金樽清酒斗十千，玉盘珍馐值万钱"句，写李白离别京城，亲朋好友为他设宴饯行。金樽、玉盘，说明饮食器具的精美，"珍馐"说明菜肴也很珍贵。这样的宴席上，酒一定是上好的清酒，所以才能"斗十千"。而杜甫由于生活拮据，就只能饮价格低廉的浊酒了。但宋代以后，诗人在自己的作品中，往往清酒、浊酒分得不是那么清楚，有时候为了强调作品的效果，即使饮的是档次很高的清酒，也使用"浊酒"名称。因此大家不必拘泥于这个词的字面，其中包含着诗人自己对生活的一种感知。所以凡遇到古诗词中出现清酒和浊酒的时候，解读要特别小心，说清酒未必都是清酒，说浊酒未必是浊酒。

（王立群）

162.请听题："君自故乡来"，请接下一句？

杂诗

王维

君自故乡来，应知故乡事。
来日绮窗前，寒梅著花未？

🌿 嘉宾解读 🌿

"君自故乡来"一句描写出诗人的踌躇、对方的诧异。这一问，看起来是问家乡的情况，但诗人只是笼统地以"故乡事"来设问，心里满腹的问题一时竟不知从何问起了。

"来日绮窗前，寒梅著花未"？这一问倒令对方感到困惑，不问人事而问物事。可是正是这样一问，才是妙趣横生、令人回味无穷。其实诗人的真正目的，哪里是梅花啊？诗人想说的话、想问的问题，不知从何说起，对家乡的思念，竟在这一个不经意的问题之中。（康震）

163.请听题："姑苏城外寒山寺"，请接下一句？

枫桥夜泊

张继

月落乌啼霜满天，江枫渔火对愁眠。姑苏城外寒山寺，夜半钟声到客船。

164.请听题："碧玉妆成一树高，万条垂下绿丝绦"，请接下一联？

咏柳

贺知章

碧玉妆成一树高，万条垂下绿丝绦。不知细叶谁裁出，二月春风似剪刀。

165.请听题："故人具鸡黍，邀我至田家"，请接下一联？

过故人庄

孟浩然

故人具鸡黍，邀我至田家。绿树村边合，青山郭外斜。开轩面场圃，把酒话桑麻。待到重阳日，还来就菊花。

嘉宾解读

鸡黍，指农家待客的丰盛饭食（字面指鸡和黄米饭）。黍（shǔ），黄米，古代认为是上等的粮食。鸡黍待客，是有典故的。据记载：东汉时期，山阳金乡的范式与汝南张劭是京城洛阳太学里的同学，关系特别要好，毕业后范式约定两年后的九月十五日去张劭家拜访。转眼约期已到，张劭杀鸡煮黍准备待客。

果然，十分守信的范式，走了几百里地登门拜访，让张家感动不已。

（康震）

166.请听题："毕竟西湖六月中，风光不与四时同"，请接下一联？

晓出净慈寺送林子方

杨万里

毕竟西湖六月中，风光不与四时同。接天莲叶无穷碧，映日荷花别样红。

167.请听题："横看成岭侧成峰，远近高低各不同"，请接下一联？

🌿 嘉宾解读 🌿

苏轼被贬官黄州，大家都很清楚。苏轼结束在黄州的贬谪生涯，到另外一个地方去做官，行程是从

题西林壁

苏轼

横看成岭侧成峰，远近高低各不同。不识庐山真面目，只缘身在此山中。

黄州出发，往东南走，路过庐山的时候，登上了庐山。那庐山上的和尚知道他是大文豪，就邀请他游山，在游山的过程中，他创作了这首诗。之前，苏轼之所以被贬谪，主要是因为他对王安石的变法有意见。他被贬黄州之后，由于与下层百姓接触很多，看到了王安石变法确实对民生有很多的帮助，所以在对待变法的态度上发生了很大的变化。因此我就在想，这时候他登上庐山，所吟的这首诗，肯定有他的言外之意。但他又不便直接表达，就用诗巧妙地表达了出来，这就是：世界上的事情如果不调查研究周全了，

就很难知道他的真相。往往因为你身在其中，没有跳出其外，所以就难以客观地对待所遇的事物。（康震）

168.请听题："黄河远上白云间，一片孤城万仞山"，请接下一联？

🌿 嘉宾解读 🌿

这首诗表达出戍边士兵的思乡怀土之情。诗的首句写极目远眺之景，描绘出黄河的蜿蜒雄壮。次句"一片孤城万仞山"写塞上孤城，意境萧杀悲怆。先写边塞的萧索悲凉，以衬托戍守者的孤苦寂寥。第三句忽而一转，引入羌笛之声。羌笛所奏是《折杨柳》曲调，这就不能不勾起征夫的离愁。玉门关内或许春风和煦，关外却是杨柳不青，离人想要折一枝杨柳寄情也不能，征人怀着这种心情听曲，一个"怨"字，用词精妙，语调委婉，深沉含蓄，耐人寻味。这首诗写出戍边者不得还乡的怨情，但写得悲壮、苍凉，没有衰萎

> ### 凉州词
>
> #### 王之涣
>
> 黄河远上白云间，一片孤城万仞山。羌笛何须怨《杨柳》，春风不度玉门关。

颓唐的情调，表现出诗人广阔的胸襟。也许正因为《凉州词》情调悲而不失其壮，所以才能成为"唐音"的典型代表。（土立群）

169.请听题："应怜屐齿印苍苔，小扣柴扉久不开"，请接下一联？

🌿 赛场花絮 🌿

百人团：我想跟泽南弟妹说几句，我今天穿的唐装，我们俩有句诗，就是："衣带渐宽终不悔，为伊消得人憔悴。"穿上中国的民族衣服，更能体会诗词的美丽，而且是

游园不值

叶绍翁

应怜屐齿印苍苔,小扣柴扉久不开。春色满园关不住,一枝红杏出墙来。

最美丽的,希望你们"佳偶天生,早日结成连理"。

董卿: 说得是挺好,说到前面去了。人家夏昆现在答题,夏昆虽然答对了三道题,可是他的分数已经超过了泽南答对十道题的了。

康震: 难怪长得像李白。

董卿: 让人心里觉得有点不平了。

康震: 凭什么? 但凭长相就得了这么多的分!

泽南: 我用最喜欢的《红楼梦》两句诗做结尾:"毫端蕴秀临霜写,口角噙香对月吟。"希望大家都可以"以诗意栖居"。

董卿: 不仅有诗相伴,还有爱人相伴,志同道合,同在一个赛场。

百人团: 别的不说了。我知道下场之后要录其他的环节,可以回去休息了,回去休息早一点也挺好,不用等我了,我想说的就这一句。

董卿: 这话私下里说,不要当着这么多人的面。

康震: 晒幸福懂不懂!

董卿: 不用等我了! 既然这样晒恩爱,准备什么时候办事儿?

百人团: 有计划了。

董卿: 你是求过婚?

百人团: 还没,不太合适,毕竟要有一个好的场合。

康震: 这场合还不好嘛?

董卿: 在这个场合! 都当证婚人,这是人家自己的事儿!

百人团: 大家这么邀请,我们两个本来有计划了。一百位朋友给我留下这么美好的回忆。

董卿: 我们见证有什么用? 你们得去民政局领证!

百人团: 亲爱的嫁给我吧!

泽南：我愿意！

康震：360度。

百人团：绝对没有任何安排，董卿老师说到这儿了！

董卿：这么坚定、这么迅速？

泽南：速度什么都不是问题。谢谢大家的见证，特别感动！

董卿：其实天博可能没有向你求过婚？

泽南：没有。

董卿：心里有这样的期待吗？

泽南：有过。

董卿：看来他还晚了一点。

泽南：没有，正好遇到正当好的人。

董卿：太好了！

百人团：一辈子记住这个夜晚！

董卿：记住在第一季比赛当中见证了你们的爱情。而且今天这场景，可以说把他们的爱情推进了一步，将要从恋人成为一辈子相守的伴侣，除了相爱还要长久的相守，在这里祝你们永浴爱河！

百人团：谢谢！

董卿：他们俩还是两地分居。在今后生活当中，如果遇到很多困难也好，或者说是现实生活当中不如意也好，一定不要忘记了今天是什么让你说出的"嫁给我"，是什么让你说出的"我愿意"。把这样一份感情坚持下去，再困难的时候都要坚持下去。

百人团：我们一定会的，董卿老师，谢谢您！

康震：游园不值吗？今天晚上值！

董卿：太好了，有没有想把什么话送给他们俩？

王立群：祝福你们！这是一种缘分，特别在诗词大会期间，我们第一季诗词大会期间，两位热爱古典诗词的人、两颗热爱古典诗词的心，能够走到一块，让我特别的高兴。感谢这个大会，感谢中国古典诗词，在今天还能发挥这么大作用！

康震：发挥月老作用，月老作用一直存在，关键看你能不能"值"。

董卿：月老的作用肯定一直都存在，因诗歌为媒，结合的人很多。关键看你懂不懂诗词的含义，懂不懂对方的心。

百人团：非常谢谢大家，真心的！

170.请听题： "孤山寺北贾亭西，水面初平云脚低"，请接下一联？

止，一路上，在湖青山绿那美如天堂的景色中，饱览了莺歌燕舞，陶醉在鸟语花香，最后，才意犹未尽地沿着白沙堤，在杨柳的绿荫底下，一步三回头，恋恋不舍地离去了。（康震）

171.请听题： "衰兰送客咸阳道"，请接下一句？

钱塘湖春行
白居易

孤山寺北贾亭西，水面初平云脚低。几处早莺争暖树，谁家新燕啄春泥？乱花渐欲迷人眼，浅草才能没马蹄。最爱湖东行不足，绿杨阴里白沙堤。

金铜仙人辞汉歌
李贺

茂陵刘郎秋风客，夜闻马嘶晓无迹。画栏桂树悬秋香，三十六宫土花碧。魏官牵车指千里，东关酸风射眸子。空将汉月出宫门，忆君清泪如铅水。衰兰送客咸阳道，天若有情天亦老。携盘独出月荒凉，渭城已远波声小。

🍀 嘉宾解读 🍀

这首诗就像一篇短小精悍的游记，从孤山、贾亭开始，到湖东、白堤

🍀 嘉宾解读 🍀

毛泽东主席特别喜欢三李的

诗,即李白、李贺、李商隐。"雄鸡一唱天下白",这是从李贺诗里来的。《金铜仙人辞汉歌》是唐代诗人李贺因病辞职由京师长安赴洛阳途中所作的一首诗。诗人借金铜仙人辞汉的史事,抒发兴亡之感、家国之痛和身世之悲。全诗既设想奇特,深沉感人,又形象鲜明,变幻多姿,充满了浪漫主义色彩,是李贺的代表作品之一。特别是其中"天若有情天亦老"一句,已成为传诵千古的名句,曾被毛泽东引用在其诗《七律·人民解放军占领南京》中。(康震)

172.请听题:"窗含西岭千秋雪",请接下一句?

绝句

杜甫

两个黄鹂鸣翠柳,一行白鹭上青天。窗含西岭千秋雪,门泊东吴万里船。

173.请听题:"马上相逢无纸笔",请说出下一句?

逢入京使

岑参

故园东望路漫漫,双袖龙钟泪不干。马上相逢无纸笔,凭君传语报平安。

🌿 嘉宾解读 🌿

岑参出身于官僚贵族的家庭,开元三年(715)生于河南仙州(今河南许昌附近)。曾祖父岑文本唐太宗时为相,伯祖岑长倩唐高宗时为相,伯父岑羲唐睿宗时为相。但岑长倩被杀,五子同赐死,岑羲也因受牵连被杀,身死家破,岑氏亲族数十人被流徙。岑参的父亲岑植曾作过仙、晋(今山西临汾)二州刺史,不幸很早就去世。岑参幼年家境孤贫,只能从兄受学。他天资聪

慧，五岁开始读书，九岁就能赋诗写文。这种聪明早慧，与他出生在书香门第的影响是分不开的。岑参的父亲开元八年（720）转晋州刺史，他随父居晋州。父死后，仍留居晋州，直至开元十七年（729），才移居嵩阳（今河南登封）。不久，又移居颍阳（今河南登封西南七十里颍阳镇）。年轻的诗人在这奇峰峻岭、古木流泉的幽静自然环境中潜心攻读，啸傲山林，不仅在学问上打下了广博的基础，而且也初步形成了他那种沉雄淡远、新奇隽永的诗风。（蒙曼）

望天门山

李白

天门中断楚江开，碧水东流至此回。两岸青山相对出，孤帆一片日边来。

174. 请听题："天门中断楚江开"，请接下一句？

🌿 嘉宾解读 🌿

这诗大家都很熟悉，我就再插一句：这个天门山我去过，这诗还有另外一个版本"碧水东流直北回"，为什么是这样的呢？你不到当地去，就看不到那种景象。长江自安徽芜湖至江苏南京，忽然南北流向，所以芜湖、南京名为江南，实为江东。李白笔下的天门山，即在马鞍山附近。天门山由东西梁山组成——西梁山在安徽和县境内，东梁山在安徽芜湖境内（1983年由马鞍山市划出）。因为江水是向东流，到了这个地方，受到天门山阻挡，山体仿佛被江水从中间冲开似的，所以江水流到这里就往北边流去了。综观《望天门山》，可以感受作者十分注重景观的方向和位置，如"中断""东流""两岸""日边"，因此我觉得此处原句为"直北回"的可能性较大，而且比较符合作者的创作思想，只不过后来抄写的时候写成了"至此回"。有的诗，诗人现场地理环境所写的情形，跟我们有时候想的不一样。（康震）

跟"黄河远上白云间"一样，到底是"黄河远上白云间"还是"黄沙直上白云间"？里面有一个意境的问题。这句诗来自《全唐诗》中王之涣的七绝《凉州词》。该诗脍炙人口，一千多年来，广为传诵，但对诗中第一句是"黄沙直上"还是"黄河远上"却一直争论不已，我以为应是"黄沙直上"。原诗是："黄沙直上白云间，一片孤城万仞山。羌笛何须怨《杨柳》，春风不度玉门关。"实际上，王之涣的这首《凉州词》同他的《登鹳雀楼》一样，采用的是不加渲染的白描手法，寓意于物，寓情于景。玉门关位于甘肃西部沙漠中的疏勒河谷，距黄河最近处（青海共和曲沟）的直线距离有770千米，

距凉州的黄河（兰州）达1000千米。把"黄河远上白云间"搬到玉门关来，是与该词的特色和作者的风格大相径庭的。为何会出现这种情况呢？据1981年出版的沈祖棻《唐人七绝诗浅释》中，作者从文学角度对"黄沙直上"和"黄河远上"的韵味意境进行了比较，结论是"'黄河远上'较富于美感"。或许这可能就是许多诗坛名家钟爱"黄河远上"，而摈弃"黄沙直上"的原因吧。至于此诗中的"天门山"，希望也不要搞错了，此山在安徽。湖南的张家界也有座天门山，我前几年去张家界旅游的时候，导游就给我们念这个诗，描写张家界的美丽景色，其实根本不是那么回事儿，一个湖北一个安徽，差老远呢！在张家界，是绝对看不到水、山的这种关系的。（蒙曼）

有可能真的不知道，可能就是说给游客听的，以讹传讹了，因为各地为了旅游的因素都在争名胜，至

于是真还是假,那是另外的一个问题了。(董卿)

175.请听题:"竹外桃花三两枝,春江水暖鸭先知",请接下一联?

> ### 惠崇春江晚景二首·其一
> #### 苏轼
>
> 竹外桃花三两枝,春江水暖鸭先知。蒌蒿满地芦芽短,正是河豚欲上时。

🍃 答案 🍃

92.谁言寸草心 93.举杯邀明月 94.同是天涯沦落人 95.不知细叶谁裁出 96.身无彩凤双飞翼 97.春蚕到死丝方尽 98.空山新雨后 99.孤帆远影碧空尽 100.醉卧沙场君莫笑 101.随风潜入夜 102.几处早莺争暖树 103.莫愁前路无知己 104.旧时王谢堂前燕 105.我寄愁心与明月 106.绿树村边合 107.还君明珠双泪垂 108.待到重阳日 109.花开堪折直须折 110.天街小雨润如酥 111.渭城朝雨浥轻尘 112.四海无闲田 113.人闲桂花落 114.春江潮水连海平 115.独在异乡为异客 116.近乡情更怯 117.晴空一鹤排云上 118.沧海月明珠有泪 119.人生代代无穷已 120.墙角数枝梅,凌寒独自开 121.朝辞白帝彩云间,千里江陵一日还 122.出师未捷身先死 123.会当凌绝顶 124.晴川历历汉阳树 125.随意春芳歇 126.两岸青山相对出 127.春潮带雨晚来急 128.月落乌啼霜满天,江枫渔火对愁眠 129.僵卧孤村不自哀,尚思为国戍轮台 130.泉眼无声惜细流，树阴照水爱晴柔　131.寒雨连江夜入吴，平明送客楚山孤　132.长安一片月　133.千树万树梨花开。　134.乡音无改鬓毛衰　135.欲饮琵琶马上催　136.在地愿为连理枝　137.别是一般滋味在心头　138.又岂在、朝朝暮暮　139.江枫渔火对愁眠　140.恨别鸟惊心　141.老病有孤舟　142.言师采药去　143.烟花三月下扬州　144.一片冰心在玉壶　145.江清月近人　146.风雪夜归人　147.一览众山小　148.只是当时已惘然　149.雪拥蓝关马不前　150.散入春风满洛城　151.铜雀春深锁二乔　152.三千宠爱在一身　153.白云千载空悠悠　154.却话巴山夜雨时　155.缘愁似个长　156.碧海青天夜夜心　157.落花时节又逢君　158.多少楼台烟雨中　159.人间能得几回闻　160.人面桃花相映红　161.不尽长江滚滚来　162.应知故乡事　163.夜半钟声到客船　164.不知细叶谁裁出，二月春风似剪刀　165.绿树村边合，青山郭外斜　166.接天莲叶无穷碧，映日荷花别样红　167.不识庐山真面目，只缘身在此山中　168.羌笛何须怨《杨柳》，春风不度玉门关　169.春色满园关不住，一枝红杏出墙来　170.几处早莺争暖树，谁家新燕啄春泥　171.天若有情天亦老　172.门泊东吴万里船　173.凭君传语报平安　174.碧水东流至此回　175.蒌蒿满地芦芽短，正是河豚欲上时